鳥にしあらねば

田沼博明

コモンズ

鳥にしあらねば●もくじ

第一章　ゆめ　3

第二章　常夏の国　39

第三章　琥珀色の刻　111

第四章　羽ばたき　161

エピローグ　一六年後の思い　205

第一章　ゆめ

風の泣く　滅びし谷の　せせらぎに
出逢ひし瞳に　夢淡く萌ゆ

緑を無残に奪われ、褐色の岩肌を剝《む》き出しにした裸の山がどこまでも続く死の谷。行けども行けども、なお果てることのない岩山ばかりが連なっている凄まじい光景は、緑を奪った人間の罪の重さをまざまざと見せつけるかのように存在していた。人間が入り込むことを頑《かたく》なに拒んでいるかのような険しい山肌は、その罪の重ささえ忘れてしまった人間のさらなる罪を、厳しく糾弾する鋭さをもって迫っていた。

そんな荒涼たる光景が広がる足尾の禿《は》げ山の山間を流れる松木川のほとりで、山上良明《やまがみよしあき》は初めて藤田ゆきと出逢った。

滅びゆく　人の未来の　行く末に
抗する手なく　逃ぐる羽なし

あくなき人間の欲望。そして、その欲望の果てに滅ぼされてしまった足尾の山河。しかし、人間が滅ぼしたものは、緑なす山河ばかりではない。燃える緑が育み、山河が培ってきた幾知れぬ人びとの営みであり、豊かな山河の恵みのなかで人が慎ましやかに生きていくことのできる、かけがえのない生きる場そのものであった。

人間は、わずか数百年の間に、地中深くに眠っていた銅や石炭、石油やウランなどを無遠慮に掘り出しては、緑なす木々を奪い尽くし、砂漠を拡大させ、母なる海を汚してきた。有害な化学物質を作り出しては撒き散らし、互いに殺し合い、多くの種を滅ぼしてきた。まさに自分たちが生きていく基盤そのものを足元から突き崩し、自らの墓穴を掘るような所業を繰り返してきた。そして、背中に火をつけられたような勢いで、滅びの道へとまっしぐらに突き進んでいる。

良明は、愚かな人間の営みがひたすら破局に向かって突き進んでいる流れに抗《あらが》おうとしても、結局何もできない自分の無力さに、たまらない虚脱感や焦燥感を抱いていた。しかし、同時に心のどこかで、人の世が滅んでいくことを諦観する屈折した思いも潜ませていた。そんな歪んだ思いを見つめ直したいと、足尾の奥の禿げ山へと足を向けていた。


栃木県上都賀《かみつが》郡足尾町。江戸時代初期に二人の農夫によって銅が発見されて以来、常に銅とともに歩んできた町。明治の代になり、古河市兵衛《ふるかわいちべえ》が経営に乗り出してからは、文字どおり日本一の銅山として、日本の近代化を底辺から支え、自らを「鉱都」とまで称した町。銅山を中心に、わずかばかりの谷間の平地に、三万人もがひしめき合うように住み、栄えた町。

銅山から吐き出されたおびただしい鉱毒が、下流の渡良瀬《わたらせ》川流域一帯に甚大な被害をもたらし、

「公害の原点」と呼ばれる重い歴史を背負った町。銅の精錬のために、周囲の木々が伐採され、その上を精錬所から吐き出された亜硫酸ガスが襲い続け、ついには草ひとつ生えることのない不毛の山河を作り出してしまった町。そして、銅山の衰退とともに櫛の歯が抜けるように住む人の数が減り、ついには「過疎」と呼ばれる山の中に忘れられてしまった町。

　良明は、渡良瀬川に沿って走る、かつての銅の運搬鉄道、渡良瀬渓谷鉄道に乗って、その足尾の町へ向かっていた。

美しき　流れ眺むる　山里の
静かに流る　時の営み

　五月の新緑は、狭い山間を走る列車の車窓からも匂うほど、眩しく輝いていた。ところどころに赤く咲き誇るつつじの間からは、木々の緑をそのままに映した渡良瀬川が、かつての公害の惨状とはまったく無縁の美しい流れを見せていた。走る列車が巻き起こす風に揺れる小枝の一つひとつも、みな優しい木漏れ陽を浴びて、さわやかにきらめいていた。

　一両だけの列車が川筋を少し離れ、山間にほんの少し広がった平地にいくつかの民家が固まった集落に入ると、しだいにスピードを緩め、小さな駅に止まった。すると、良明の前の席に座っていた八〇をはるかに超えると思える女性が一人、大きな荷物を背負って、ゆっくり列車を降りていった。彼女が無人のホームに降りたことを見届けると、列車の扉はゆっくりと閉まり、再び走り始めた。良明は、駅舎を出た老人が山間の静かな集落に消えていく光景を、スローモーションの映画のような感覚で見つめていた。そして、小さな集落の家の一つに、自分が入り込んでいく光景を想像しながら、ぼんやりと考えた。

「あの光景のなかで、いったいどのような営みが繰り返されているのだろう……」

列車が、鉱毒を沈めるために造られた草木ダムに沿った長いトンネルを抜けると、渡良瀬の流れに映る緑の色はさらに濃くなっていった。「どんなふうに流されてきたのだろう?」と思わず考えてしまう大きな石に当たって弾ける白いしぶきは、眩《まぶ》しいほどにきらきらと輝いていた。しかし、しばらくのあいだ目を楽しませてくれた渡良瀬の清流は、列車のスピードが増すにつれて、車窓から遠ざかっていった。すると、まもなく、同じ形をした住居が連なる長屋や、窓ガラスがぼろぼろに割れたまま放置されている工場の廃屋が目に入ってきた。

列車はゆっくりと、足尾の町に入った。

車窓から見える足尾の町は、黒いトタン屋根の小さな家ばかりが目につき、道行く人の姿を目にすることもなく、静けさのなかにひっそりと息を潜めていた。列車が町の中心にある通洞《つうどう》駅に停車すると、わずかに残っていた乗客が降りた。一人残された良明は、通り過ぎる足尾の町並みや、ときおり姿を見せる渡良瀬の流れを眺めながら、列車がゆっくりと向かう終着の間藤《まとう》駅の先に思いをはせていた。

間藤駅を囲む山々は、それまでの渡良瀬川沿いの緑豊かな山々とは、まったく異なる様相を見せていた。ところどころにわずかな緑が芽を吹いてはいるものの、初夏の山としてはあまりにも寂しい光景しか見ることができなかった。大きな樹木は一本も目にできず、岩盤がむき出しになった禿げ山ばかりが連なる異様な光景が、そこから始まっていた。

良明は、ホームでしばらくの間、あたりの山々の凄まじい荒廃に目を奪われていた。そして、その姿をしっかり目に焼きつけると、大きくため息をついて、駅前を走る道路を山の手の方向に歩み出した。

生命萌ゆ　山を滅ぼす　罪城も
過ぎ行く時に　ただ朽つを待つ

かつての鉱夫たちが住んでいた古びた長屋や壊れかけた公衆浴場の建物などを目にしながら、道路沿いの電柱に記入されている間藤、深沢、赤倉などの地名を順番に確認していくと、まもなく、大きなタンクに「世界に伸びゆく足尾精錬所」という文字が書かれた、古河の精錬所の前にたどり着いた。精錬所を囲む山々は、それまでの禿げ山をはるかに凌《しの》ぐ荒涼たる光景をさらしていた。そして、山々を削り取って確保した広大な土地の上に、あたかも周辺一帯を支配しているような威容を示して、精錬所は居座っていた。

かつて精錬所は、眼下を流れる渡良瀬川におびただしい量の鉱毒を流し続けた。鉱毒は、洪水のたびに下流の田畑に流れ込み、何年にもわたって広大な農地からの収穫を皆無としたばかりではなく、豊かだった川魚も白い腹を見せて浮かばせた。食べるものにも事欠くようになった多くの人びとは、病に泣き、貧しさの極みに喘《あえ》ぎ、出生率は全国平均の三分の二、死亡率は二・五倍という惨状に陥った。そして、大きな煙突から上手に向かって流れ出た亜硫酸ガスは、あたりの山々から緑を奪い続け、一〇〇年の歳月を経てもなお回復することのない禿げ山を作り出した。

しかし、拭い去ることのできない汚辱にまみれた過去をもつ巨大な建物も、今はもう働く人の影を見つけることもなく、死んだような静けさのなかにたたずんでいた。巨大な煙突からは煙の一本も上ることはなく、あたりの禿げ山と同じ土色に汚れた建物は、そこかしこを煤《すす》けさせていた。壊れた何枚もの窓ガラスは、修繕を施される様子もなく、ただ荒れるに任せていた。今はもう、巨大な精錬所も、ただ朽ち果てる時を待っているかのようであった。

良明は、長いあいだ数知れない人びとに絶望や苦難を味あわせ続けてきた巨大な精錬所でさえ滅ぼしてしまおうとしている時の流れの非情さを、改めて思い知らされた気がした。そして、銅の精錬によって翻弄されてきた人たちの一生を、虚しいとも哀しいとも思って、呟《つぶや》いた。

「人間はいったい何のために生きてきたのだろう……」

そんな思いをかみしめながら、さらに渡良瀬の流れを遡って、松木川、仁田元《にたもと》川、久蔵《くぞう》川の三つの川の合流点に造られた足尾ダムに歩みを進めた。

山土に　埋まりし湖底に　流れ入る
悲し川面に　映る岩影

足尾ダムは、禿げ山から流れ込む膨大な土砂を貯え、下流の洪水の防止を目的に造られた巨大な砂防ダムであった。しかし、完成してからほんのわずかな間に、緑を失った裸の山から流れ込むおびただしい土砂によって、ダム湖はほとんど埋め尽くされた。すっかり草原になった湖底には、三本の川が静かに流れ込んでいる。その真ん中の川が、どこまでも果てることのない禿げ山が広がる松木の谷から流れてくる、松木川であった。

松木渓谷。そこにはかつて優しい緑に包まれながら、幾世代にもわたって数知れぬ人びとの慎ましやかな暮らしが営まれていた。だが、精錬所ができると、山の木々は燃料として次々に剥ぎ取られ、裸にされてしまった。すっかり緑を失った谷間をトンネルのようにして、精錬所の煙突から吐き出された亜硫酸ガスが通り抜けていくと、残っていた木々は芽を吹くこともなく朽ち果てていった。その前に、里の人びとの生活の糧であった蚕《かいこ》が死んだ。さらに、牛や馬などの家畜も次々と血を吐き、息絶えた。

生活の糧をすべて剥《は》ぎ取られた里の人びとは、徐々に故郷を離れ、かつて足尾郷最大の住民をかかえていた松木村は、誰一人として住むことのない、死の谷へと変貌していった。緑を失い、緑を養う人びとをも失った死の谷は、激しい風雨に抗する術もなく、表土を侵食され続け、ついには岩盤が露出した禿げ山ばかりを連ねさせた。草木一本も生えることのない不毛の谷は、それ以来一〇〇年もの間、変わることのない無残な姿をさらし続けている。

良明は、久蔵の沢を迂回して、銅を精錬したあとの不純物が積み上げられ、放置されたままになっているボタ山の間を通り抜け、松木の谷へ入った。谷間の浅い川底をわずかな水が、あたりの岩山の色をそのままに映しながら、静かに流れていた。雨が降ると、保水力のない山々に囲まれた松木川は一瞬のうちに濁流と化し、人間を寄せつけない恐ろしい勢いの川へと変貌する。しかし、晴れた日には、周囲の山から流れ込む水量が少ないために、消えてなくなるほどの寂しい川となる。その松木川を遡り、禿げ山の奥をめざして、良明はさらに歩き続けた。

草に埋もれ　眠れる人や　何思ふ
土の上での　愚かなことども

松木の谷には、まったく人の気配はなかった。そこに多くの人びとの暮らしが六〇〇年間も営まれていたことを示す痕跡は、何も残されていなかった。ただ一つ、草に埋もれ、ほとんど崩れかかった、小さな墓の群れを除いては……。

良明は、禿げ山の谷間の一角に数基の墓石を見つけた。かつてそこに生き、そして、死んでいった名もない人たちが、この世に唯一残したささやかな軌跡も、今ではすっかり風化し、崩れかけた墓石からは刻まれていた人たちの名前さえ読み取ることができない。死の谷間にただ一つ残された、人間が生きていたという証さえ、時の流れの中に消えかけていた。

良明は、その墓の前に立ちすくみ、その下に眠る人たちの思いに耳を傾けるつもりで、目を閉じた。耳には、谷を渡る風の音だけが静かに通り過ぎていった。

名も知らぬ　墓に手を合はす　黒髪の
香の香る風　目を閉じてきく

いくばくかの時間がそのまま過ぎていった。そして突然、その静寂を女性の声が破った。

「こんにちは。これが松木村の人たちのお墓なのですね」

その声に驚いて目を開けると、髪の長い一人の若い女性が立っていた。ちょうど山の上に輝く陽を背にして立っていた彼女の眩《まぶ》しい姿を目を細めて見た良明が驚いて立ち上がると、彼女は軽く黙礼して微笑んだ。そして、墓の前まで進むと、座って白い手を合わせ、目を瞑《つぶ》った。

良明は、彼女が目の前を通った瞬間、かすかな甘い香りを快く感じた。そして、目を閉じた清楚な横顔を、とても美しいと思った。風のように現れた女性が、すっかり壊れかけた荒野の墓石の前に手を合わせている光景を、一枚の美しい絵画を見るような気になって、良明は見つめ、いつまでも動かない姿を目に焼きつけるつもりで、静かに目を閉じた。


「本当に凄まじい禿げ山がどこまでも続いているのですね」

しばらくすると、心地よい沈黙の時を破って女性は立ち上がった。

「ええ、本当にすごい禿げ山ですね」

良明は慌《あわ》てて目を開け、改めてあたりを見回してから、そう答えた。

「以前知り合いから、松木村の話を聞いたことがあります。私は、何もなくなってしまったという松木の谷をどうしても見たくて、一度は訪ねたいと思っていました。でも、実際にここに来て、何もない、誰もいない、どこまで行っても禿げ山ばかりが続く光景を目にしていたら、少し心細くなってしまいました。だから、この谷で私の前を歩いていらっしゃるあなたのお姿をお見かけしたとき、一瞬ほっとして、追いつこうと思いました。けれど、なかなか追いつけなくて……。あなたがここで立ち止まってくださって、本当によかった。やっと追いつくことができましたし、おかげさまでこのお墓に参ることもできました」

　彼女は、恥ずかしそうな顔をして微笑んだ。良明は、誰もいない山の中で突然現れた若い女性から、「何もない」という言葉を耳にして、この地を訪れた理由がとても気になっている自分を感じていた。その思いが口を開かせた。

「埼玉で高校の教員をしている山上と言います。私も知り合いに勧められて、この禿げ山の光景を見に来ました。滅びるということが、何もなくなるということがどんな光景なのかを確かめたいと、私も思っていました。でも、この光景を見ていたら少し心細くなってしまい……。そんなときにあなたが風のように現れたので、とても驚かされました」

自分の名を名乗り、少し顔を緩めた良明を見て、彼女も微笑んで言った。

「藤田ゆきです。東京でＯＬをしています。あの、もしよろしかったら、これからご一緒させていただいてもよろしいでしょうか？」

良明は、彼女の口から「ゆき」という名前を聞いて、一瞬顔色を変え、言葉を乱した。

「ゆきさんとおっしゃるのですか……」

「はい」

ゆきは急に変わった良明の表情をまったく気に留める様子もなく、あたりの景色に目を移していた。

愛しき妻子と過ごしし　うたかたの
時のぬくもり　かなしく噛みしむ

良明は、埼玉県のＫ市で、高校の社会科の教員をしている。彼は一年前に、妻の由紀と二歳になったばかりの娘・響子を、交通事故で亡くしていた。最愛の二人を一瞬のうちに失った悲しみは、今も忘れることができない。そのため、妻と同じ「ゆき」という名前を耳にしただけで、心に突き刺すような痛みを覚えていた。

日曜日に家族そろって出かけた帰り道、良明は同僚の広瀬育子と偶然出会い、声をかけられた。二人が話を始めると、由紀は場をはずすようにして響子の手をつなぎ、少し先を歩き出した。そのわずかな一瞬。横断歩道を渡っていた二人を、暴走した乗用車が襲った。二人とも全身に打撲を受け、ほとんど即死の状態だった。何事が起こったのか理解できないほど錯乱して駆け寄った良明が目にしたのは、響子をかばうように全身で鉄の塊を受けとめたため、血だらけになって倒れている由紀と、母親に寄り添うようにして息絶えていた響子の、あまりにも変わり果てた姿であった。真っ赤な血にまみれた由紀の手を握り、良明は二人の名前を何度も繰り返し叫んでいた……。

それから一年、良明は、由紀と響子のことを思い出さない日はなかった。育子もまた、「あのとき、立ち話さえしていなかったら」という強い悔悟の念から逃れることはできなかった。

良明が足尾を訪れたのは、その育子の言葉がきっかけであった。

育子は、良明より一つ年上の三三歳。京都大学の出身で、まわりから「才媛」と呼ばれる聡明な女性であった。彼女は、父親が足尾の高校で教師をしていたために、幼いころ足尾に住んでいた。その育子が、ときおり口にする言葉があった。

「私は絶望しかけると、いつも足尾のことを思い出します。足尾には、人間が滅びた後を実感させる廃墟があります。人間が滅ぼしたために、一〇〇年経っても変わることのない禿げ山があります。何もなくなってしまった光景が広がっています。その足尾の光景を見て育った私は、未来に絶望してあきらめてしまったら、その後には禿げ山が待っているだけだと思うようになりました。人間もいつか必ず滅びるでしょう。それは、それほど先の話ではないのかもしれません。でも、自分が子どもたちに希望を伝える教師という仕事に携わっている以上、絶望だけはしたくない。だから、私はいつも足尾の光景を忘れないでいたいと思っています」

渡良瀬川の下流の町で育った良明は、それまで足尾を訪れたことはなかったが、育子の言葉を聞いているうちに、ぼんやりと思った。

「何もなくなってしまった光景とは、いったいどんな光景なのだろう。教師という仕事に従事して糧を得ている以上、一度くらいはその光景を見ておいたほうがよいのだろうな」

しかし、由紀と響子を亡くして以来、良明の心のなかには、いつも暗い思いが渦を巻いていた。「人間は、少しでも早く滅んだほうがいいのかもしれない。そして、人間が生きてきた痕跡もすべてなくなってしまえばいい」

良明は、そんな思いを抱いてやってきた足尾の禿げ山で、同じく「何もない光景を見るためにやってきた」という、ゆきと出会った。

果てのなき　滅びの谷に　彷徨《さまよ》ひて
過ぎにし日々の　夢にふけらむ

良明は亡くなった妻を思い出させる、ゆきと連れ立って歩いた。育子が言っていた松木の谷の荒廃は、たしかに凄まじかった。だが、眩しいほどに美しく輝くしなやかな髪を風になびかせながら、楽しそうに語りかけてくるゆきの明るい表情に、すっかり忘れかけていた由紀と連れ立って歩いたころの温かな心持ちを思い出していた。険しい山の中を歩く鹿の親子の姿を見かけたときには、「ワンワン」と言いながら、小犬にじっと見入っていた響子の姿を思い出して、心の中で呟いた。

「響子にも見せてやりたかった……」

忘れようとしてきた悲しみが突然甦り、心の奥から熱い涙が湧き上がってきた。

求め行く　禿げ山の果てに　待つは何
戻りし道に　尋ね歩まん

二人は、出会った墓の前から奥へと谷間の道を歩いた。しかし、荒涼たる光景が終わることはなかった。良明は、禿げ山の尽きるところまで歩いていきたい、禿げ山の果てる場所から広がる光景を見たいと思っていた。けれど、なぜかそのとき、ふとしたためらいを覚えた。

「その光景を見るのは、まだ少し早いのかもしれない」

良明は、陽の傾き具合を見てから、ゆきに提案した。

「そろそろ戻りましょうか？」

「ええ。私は昨日からずっと歩きづくめで、少し疲れてしまいました。それに、今夜は足尾の町に泊まろうと思いますが、宿を決めていません。だから、そろそろ戻らなければならないでしょうね」

「私も、今日は足尾の町に泊まるつもりです。それほど多くの旅館があるようには思えませんから、少し早く戻って、宿探しをしたほうがよいかもしれません」

その言葉にゆきは小さくうなずくと、澄んだ目で良明を見つめた。

「ええ。私は、この禿げ山の果てるところにあるものを見たいと思ってここまでやってきました。でも、その光景を見るのはまだ少し早いような気がしてきました」

自分が感じていたことと同じ言葉を聞いた良明は、ゆきの目を見つめた。そして、彼女は荒涼たる光景の果てにいったい何を求めてやってきたのだろうかと思った。だが、すぐにその問いは自分に返ってきた。

「お前は、いったい何を求めてここにやってきたのだ」

それから寡黙になった二人は、歩いてきた道を戻っていった。

二人が足尾ダムまで戻ってくると、修行僧のような老人が一人、ダムを背にして座り込んでいた。老人は、何か所も穴の開いたぼろぼろの服を身にまといながら、目を瞑って、訳のわからない言葉を呟いていた。彼の前には、縁の欠けた瀬戸物が置かれていた。山の中のほとんど誰も訪れることのない場所に、得体の知れない老人が座っていることを訝《いぶか》しく思いながらも、二人はダムのサイトで初夏の陽が大きく傾いて、山の際に隠れようとしている光景を見つめていた。そして、日がすっかり沈むのを見届けてから歩き始めたとき、老人の声が響いた。

「そこなる二人、それほど急いで戻る必要はあるまい。お前たちが彷徨って、どうしても聞きたいと願っていた声を、まだ聞いていないのではないか」

彷徨える　幾多の恨み　如何に聞く
荒野に埋もる　重き罪業

二人は、はっとしたような表情で立ち止まった。その反応を予期していたように、老人は言葉を連ねた。

「私は、三〇年前までこの足尾の山で働いていた。一応古河の社員の端くれであったから、鉱山で働く抗夫たちとは比較にならない恵まれた待遇を得ていた。だが、それに比べ、汗と埃にまみれて働く抗夫たちの待遇ときたら」

老人は、二人の存在をまったく無視して遠くのほうを見つめ、静かに目を閉じた。

「私は、あまりに多くの悲惨な光景を目にしてしまった。渡り歩きの抗夫、前科者、無理やり連れてこられた朝鮮人や中国人たち。そんな人たちに対して、同じ人間が『どうして、こんなことまでできるのだろうか』と、思わざるを得ないような残虐な扱いをしていた。朝鮮人や中国人には、ろくに食事も与えないで重労働を課した。慢性的な栄養失調の彼らが病気になっても、決して休息が与えられることはなかった。彼らが仕事を休もうとすれば、木刀で殴りつけてでも働かされた。あまりにひどい待遇に耐え切れなくなって逃げ出そうとした者は、見せしめのために、電柱に縛り付けられて殴り殺された。殴られ、いたぶられて、『アイゴー』と泣き叫んでいた朝鮮人の声が、今も私の耳の奥に残っている。なぜ、人間はあんなことができるのだろうか。人間とは、何と残酷な生き物なのだろう」

老人はそこまで話すと、さながら死者たちの声を聞くように、大きく息を吸い込んで、しばらく沈黙した。その話を聞きながら良明は、江戸時代から金の採掘に従事する者を確保するため、頻繁に「無宿人狩り」が行われ、明治になってからも多くの鉱山で囚人労働者に過酷な労働を強いてきた歴史を思い返していた。すべての抗夫が奴隷的な労働を強いられたわけではなく、老人が言うように、分断された労働者がより弱い者を虐待し、抑圧していたのかもしれない。その結果、足尾の銀山平にも、一〇六名の中国人殉難者を慰霊する塔が建立されるようなことが起きたのだろうと。

そんな良明の思いを気に留めることもなく、老人はおぞましい話を一つひとつかみしめながら語り続けた。不気味な老人の口調に、良明はしだいに悲惨な光景が目の前で繰り広げられている錯覚に陥り、身震いするほどの恐怖心を感じていた。

「そんなふうにして殺された者たちの遺体は、そのまま精錬所の前の龍蔵寺に投げ込まれた。崩れた坑道に取り残されたまま見捨てられた者たちも、どれくらいいただろうか。北陸のぼろ寺で生まれた私のような生臭者が、経のまねごとを唱え、簡単な弔いをしたこともあった。だが、いくら懇《ねんご》ろな弔いをしてやったとしても、決して浮かばれることのない者たちの霊が、今もそこかしこに彷徨っている。三〇年前、この一帯は本当に雑草一つ生えることのない凄まじい荒野であった。あのころに比べたら、今はずいぶん緑が甦っている。しかし、無念の思いを抱いて死んでいった者たちの叫びは、決して消えることはないだろう。その叫び声を、お前たちなら聞くことができるであろう。お前の立っているその足元にも、一人の抗夫の霊が漂っている」

暗くなりかけてきた荒涼たる景色のなかで、不気味な老人から凄まじい話を聞いて、ゆきもその場から後ずさりしていた。それでも老人は、二人の反応を無視して話し続けた。良明は、そんな老人の姿は現実に存在しているものではなく、老人の言う霊の化身のように思い始めていた。そのとき、老人が目を開いた。

「だが、お前たちは、そのような者たちの声を聞きたいという思いを抱いて、ここを訪ねたわけではあるまい。無念の思いを抱いて死んでいったお前たちの愛する者の魂に、ここでなら会える、そう思ってやってきたのであろう。そうじゃ。そのとおりじゃよ。お前の会いたいと思っていた者の魂はお前に、お前の会いたいと思っていた者の魂はお前の中に、しっかり宿っておる。お前たちがここで出会ったのは、その魂の引き合わせじゃ」

二人を交互に指差した老人の言葉に、二人ははっとしたように互いの顔を見つめた。二人の顔には、驚きと戸惑いが色濃く浮かび上がっていた。老人は、そんな二人の反応をすべて承知しているかのように、再び目を瞑った。

「さあ、もう行くがよい。そして、これから二人でゆっくりと、互いのうちに宿っている魂の叫びを聞くことじゃ。だが、その前に、ここで死んでいった者たちの供養のために志を置いていけ」

喜捨を求められ、冷たく言い放たれたことで、二人はかえってその得体の知れない老人の語った言葉に、真実に迫るものを感じた。

二人は、それぞれいくばくかのお金を老人の前に置かれた瀬戸物の中に入れ、頭を下げると、足尾の町に向かって歩き始めた。老人は大きくうなずくと、何事もなかったように、そのままずっと座り続けていた。

賑わひを　遠くに忘れし　山里の
静寂破る　車の戯れ音

二人はその夜、通洞の駅前にある古びた旅館に宿を取った。連れ立った二人が別々な部屋を求めると、年老いた宿の主人は訝しそうな顔をして、二人の顔を見た。しかし、それで何かを納得したようで、愛想のよい表情を浮かべ、宿帳を渡した。求めに応じて良明が名前を書き込むところを後ろから見ていたゆきの表情が、一瞬変わった。

二人は二階に案内され、良明は町のメインストリートに面した部屋に、ゆきは廊下を挟んで向かい合った部屋に入った。それから良明は、話したいという思いを抱きながらも声をかけることができずに、悶々とした時間を過ごした。

部屋の真ん中に置かれた机の前に座った良明は、すぐ後ろに畳んであった夜具を引き寄せて寄りかかり、ゆっくりと部屋の中を見回した。古ぼけた天井には、ところどころに大きなしみができていた。襖は色あせ、畳もずいぶん擦り切れていた。黒ずんだ床柱にも、たくさんの傷が刻まれていた。それでも、鴨居には凝った彫刻が施され、銅山華やかなりしころの賑わいをしのばせていた。

「いったいどれくらいの人が、どのような思いを抱いて、この部屋で過ごしたのだろう」

そんなことを考えながら、窓を開けて、ネオンの賑わいなどまったくない窓の下を走る通りを見ると、数台の車が静寂を破って無遠慮に走り抜けていった。その瞬間、たまらない不快感が湧き上がり、手で耳を覆い、目を閉じた。

向かひ合ひ　語らふ人の　まなざしに
胸しめつくる　ひとしずくの涙

二人が風呂をすませた頃合を見計らって、一階の食堂に夕食が整えられた。二人は初めて向かい合って食事をとった。

松木渓谷を引き返すころから寡黙になっていたゆきは、食卓では人が変わったように明るく語った。

「私は一人旅が好きなんです」

そう口火を切ると、一人でインドを旅行したときに路上で眠った経験や、伝染病に罹《かか》って日本に送り還されたことなどを、楽しそうに語った。そして、突然、話題を変えた。

「でも、インドって、もとは南極大陸の一部だったそうですね。それが南極から分離して動き出し、ユーラシア大陸と衝突した勢いでヒマラヤ山脈やチベット高原が造られたそうです。今でもインドの大地は少しずつ動き続けているので、ヒマラヤも毎年五ミリずつくらい高くなっているんですって」

ゆきの言葉に良明は応えた。

「そう言えば、大昔は島だった伊豆半島が日本列島にぶつかった勢いで、丹沢山地ができたという話を聞いたことがあります。ハワイも毎年一〇センチずつくらい日本に近づいているとも言われていますし、これから五〇〇〇万年後くらいにはオーストラリア大陸が移動してきて、日本を挟み込む形でユーラシア大陸と合体し、日本列島のあたりはヒマラヤのような巨大山脈になるという話も聞いたことがあります」

その言葉を聞いて、ゆきはなぜか嬉《うれ》しそうに言った。

「そうですか。本当にそんなすごいことが起こるのですか？ もし、そんな大変動が起これば、日本はつぶれてしまいますね。もっとも、それより早く、この国は滅んでいるのでしょうけど」

良明はそのとき、ゆきの瞳の奥に、表情の明るさとはまったく裏腹に漂う暗い翳りをみとめた。そして、そのまなざしは、目の前にいる自分にではなく、どこか遠いところにいる他の誰かに向けられている気もした。ただ、なぜか、明るい笑顔の奥に隠されている翳りに触れてはならないように思え、口を開くことをためらった。そんな良明の思惑をまったく気にする様子もないゆきは、ひとしきりインドの話をすませた後、足尾について語り続けた。その話を聞きながら、黙っていることに耐えられないために、ゆきは話し続けている気がしてならなかった。

昨日の昼に足尾に着いたゆきは、通洞駅から庚申《こうしん》川沿いの道を歩いて上り、かつては一万人もが住み、今は誰一人として住む人のいない小滝《こだき》の里に立ち寄った話をした。

「人の世が滅びた跡って、きっとこんなふうになっているのだろうなと思いました」

その言葉を口にしたゆきは、また嬉しそうな表情を見せた。さらに昨夜、銀山平にある国民宿舎に泊まり、今日は足尾銅山の最高峰の備前楯山に登ってから、本山跡の廃墟をまわり、松木渓谷まで歩いてきたとも言った。

「本山にはまだ形をとどめている廃屋が残っていて、使われなくなった電線に長細い古材が絡みついてクルクルと回っていました。遠くから見ると、ちょうど首を吊った人がぶら下がっているようでした。さすがに一瞬驚きましたが、女が一人で行く場所ではないのかもしれませんね。備前楯山に登る途中では、崖から落ちそうになってしまいました。誰も来ない山の中で私が死んでも、きっと発見されることもなく土に戻っていくのだろうな、とも思いました」

微笑みながら話す顔が、良明にはとても悲しく感じられた。そして、先ほどの老人が言った「無念の思いを抱いて死んでいったお前たちの愛する者の魂」という言葉を思い出した。すると、そのときちょうど、ゆきも同じ思いを口にした。

「ダムのところで会った老人は、何を言いたかったのでしょうね」

ゆきは、じっと良明を見つめると、口を閉ざし、うつむいた。長い髪がゆきの表情をすっかり隠した。その姿を見ていて良明は、ゆきは愛する人を亡くし、その人の後を追って死ぬために足尾の山を訪ねてきたのではないかと思った。

二人の間に、しばらく沈黙が続いた。そして、旅館の柱時計が重い音を奏でて時を告げると、うつむいていたゆきが突然、顔を被っていた長い髪を両手でかきわけ、顔をあげた。

「一人でしゃべり続けてしまって、ごめんなさい」

彼女の目には、ひとしずくの涙が浮かんでいた。その涙を見たとき、良明はゆきがもう二度と会うことのできない由紀にとてもよく似ていると思った。あの老人が言ったように、由紀の魂が本当にゆきの中に宿っているようにも思えた。由紀の思いを、その声を聞きたいと思った良明は、口を開いていた。

「私の妻は由紀と言いました。彼女と二歳になったばかりの娘は、一年前に交通事故で死んでしまいました。妻と娘を亡くしたとき、私も死んでしまいたいと思いました。自分が死ぬ前に、加害者の運転手を殺したいとも思いました。いえ、私の妻と子どもが殺されたというのに、走る凶器を平然と乗り回しているすべての人間に復讐したいようにも思いました。平気で人間を押し除け、車が我が物顔で走る社会を、異常とは思わないような人間ばかりが住んでいる社会そのものまで、私は呪いました。私から妻や子どもを奪っても何も感じない社会など、滅んでしまえばいいと思いました。

でも、そんなふうにいつまでも世の中を呪ってばかりいたら、どういうわけか、妻と子どもの顔が思い出せなくなってしまいました。やっと二人の顔を思い浮かべることができても、その顔はとても寂しそうにしているのです。いつまでもぐずぐずしていて、二人の後を追っていかない私を責めているのかとも思いました。それでも私は、死ぬこともできないまま、今日まで生きてしまいました。そして、どうすれば妻と子どもの明るい笑顔を思い出すことができるのだろうかとばかり考えてきました。でも、今日あなたと歩いていて、少しだけ妻の明るい表情を思い出すことができたような気がします」

「そうでしたか。あなたのお連れ合いも由紀というお名前だったのですか……」

そう言って、ゆきは声を詰まらせた。その表情を見て良明は、ゆきは、まだ愛した人について語れる状況になっていないという気がした。そして、何も話さなくても、ゆきと一緒の時間を過ごしたい、見つめていたいと思った。しかし、夕食を食べ終わると、ゆきはすぐに部屋に戻っていった。

「今日はとても疲れたので、もう休ませていただきます」

一人食堂に残された良明は注文した日本酒を静かに傾け、「何もない世界」と、氷のような冷たい目をしたゆきが言った言葉の響きをかみ締めていた。そして、明日は、自分もゆきがたどったという廃墟を訪ねてみようと考えていた。

幾たりも　生命を踏みつけ　なお今も
無邪気に奏でる　うたかたの夢

翌朝、二人は朝食をすませると、銅山の廃坑を利用して作られた観光施設に向かった。かつての抗夫たちの長屋の群れには、亜硫酸ガスの侵蝕から屋根を守るために黒いコールタールが塗りつけられていた。町はずれに流れる渡良瀬川沿いの道に出た二人は、澄んだ水の中を魚が泳ぐ姿を見ながら、入り口に着いた。

二人はトロッコを改造した観覧車に乗って、暗い坑道の中に入って行った。冷たい水があふれるほど流れる坑道の中には、電気仕掛けの蝋人形がびしょびしょに濡れながら、江戸時代からの坑内労働を再現していた。決して止まることなく、ひたすら岩盤を掘り続ける人形の姿は、劣悪な条件で過酷な労働に携わっていた抗夫たちの姿そのものに思われた。総延長一〇〇〇キロにも及ぶ坑道を掘り続けたという抗夫たちは、大量の粉塵やラドンガスなどを吸い込んで肺を患い、若くして死んでいった。残された女性たちは、何度も再婚を繰り返したとも言われている。足尾ばかりでなく、日本中、いや世界中の鉱山で数知れないくらいおびただしい抗夫が、過酷な労働の果てに使い捨てられ、踏み躙《にじ》られていった。

しかし、坑道周回コースの出口にある最後の部屋には、暗い地底で繰り広げられた光景などまったく無縁の、科学技術が作り出すという「明るい未来の夢の空間」がセットされていた。この観光施設からは、鉱毒の記憶も、ダムサイトで老人が語った悲しい歴史も、まったく感じられなかった。

つかの間の　過ぎゆく時に　出遭ひして
また逢ふ夢を　恐れつ祈る

良明は、日足《にっそく》トンネルを抜けて日光から東京に帰るというゆきを通洞駅前のバス停で見送った。

「いろいろご迷惑をおかけしてしまいましたが、おかげさまで楽しい時を過ごさせていただくことができました。ありがとうございました。足尾に来て本当によかったです。さようなら」

日光行きのバスに乗り込むゆきは、初めて松木の谷で会ったときと同じ爽やかな笑顔に戻っていた。

「こちらこそありがとうございました。お気をつけてお帰りください」

小さく手を振る良明に、もっとゆきと話したいという思いを残して、バスは静かに去っていった。バスの影が見えなくなると、良明は力が抜けてしまったような気がして、しばらくバス停に立ちすくんでいた。そして、大きく息を吐き、小滝の里の跡へと向かった。

互いに名前以外は知ることがなかったが、なぜか、ゆきとまた会えるような気がしてならなかった。その再開を心待ちにする心と恐れる心が同時に湧き上がって、揺れていた。

苔のむす　木立に隠れし　石積みの
滅びし里にも　鳥は遊びし

良明は、せせらぎの音を聞きながら、庚申川に沿って走る道路を上って行った。周囲の山々は、禿げ山ばかりが続く渡良瀬川沿いとはまったく異なり、眩しいばかりの新緑に覆われていた。深い緑に包まれた山々は、どこまでも果てることなく広がっているようにさえ思えた。

太古の地球は、足尾の禿げ山をはるかに凌ぐ、究極の禿げ山ばかりが連なっていた。そこに海が造られ、生命が誕生した。その生命は、太陽のエネルギーと二酸化炭素を使って酸素を吐き出し、成層圏にオゾンの膜までつくり、有害な紫外線の侵入を阻む環境を作りあげた。それから、生命は少しずつ陸上に這い上がっていった。長い年月をかけて少しずつ仲間の数を増やし、いつしか地球のあらゆる場所を緑で覆った。山の果てまでも生命が満ちあふれる星へと変えた。良明は、生命がたくましく息づく緑豊かな大地を踏みしめながら思った。
「表土を奪い、緑を蝕む人間がめざしているのは、太古の地球なのかもしれない」

緑の山々が連なる山間の道は、忘れたころに車が走り抜けていくだけで、歩いている人の姿はまったく見かけることはなかった。一本道を一時間ほど歩いていくと、山中には不自然になだらかな空き地が広がっていた。そこはかつて本山、通洞と並んだ足尾銅山の拠点、小滝抗で働く人たちが暮らしていた小滝の里の跡であった。道路の脇に「最盛期九五二名の児童が学んでいた私立足尾銅山尋常高等小学校分校跡」と書かれた看板を見つけた良明は、子どもたちの賑やかな声が聞こえていたのであろう坂道を登って、学校の跡地に足を踏み入れた。

鉱山の廃石の堆積場を整地して作られた跡地には、校舎などの建物はすっかりなくなっており、崩れかけたまま放置されたコンクリートの土台が、草に埋もれていた。細かく砕けた窓ガラスの破片があちこちに散乱し、子どもたちが遊び回っていた校庭の正面には、銅像を失った台座だけがぽつんと残されていた。爆撃にでもあったような、人の気配がまったくしない空間は、ゆきの言葉どおり、人間が滅んだ後の世界にも感じられた。

そのとき良明は、六年前に起きたチェルノブイリ原子力発電所の大事故のために、ソ連の多くの村から何万もの人たちが強制的に避難させられたことを思い出した。その誰も住む人のいなくなった幾多の村々も、やがてはすべてこの光景のような廃墟と化していくのだろう。そして、これから人間は、人の住むことのできなくなるような場所を、どれくらいたくさん作り出すのだろう。きっと人間は、人間が暮らしているすべての場所を、廃墟にしてしまうのかもしれないとも思った。

そんなことを考えながら、いくばくかの時を過ごすと、さらに上手へ歩みを進め、まもなく、「ここに小滝の里ありき」と書かれた石碑の前にたどり着いた。良明は、碑の裏に書かれている、かつてそこに住み、今は散り散りになってしまった人たちの名前の一つひとつを目で追った。そして、見知らぬ名前を胸にとどめると、道路の反対側にある石垣の上に築かれていた住居跡へと連なる石の階段を上った。階段の上の平地には、苔むした石垣や崩れたレンガが放置されていた。コンクリート張りの土間や、割れたガラスや茶碗のかけらなど人間が生活していたことを示す痕跡が、そこかしこに散らばっていた。その中から一片の瀬戸物のかけらを拾い上げた良明は、漠然と思った。

「ここで、どんな生活が営まれていたのだろう。『滅びる』とは、ここで営まれていたようなささやかな生活を、根こそぎ奪ってしまうことなのだな」

滅びの里に、逞《たくま》しい木々が覆い隠すように繁っていた。そこには木々の間を通り抜ける風の音と、遠くに聞こえる小鳥たちのさえずり以外に、聞こえるものは何もなかった。その音を聞きながら、銅山の閉山とともに滅びた小滝の里の廃墟さえも、いつしか痕跡をとどめることもなく消え去ってしまうのだろうと思った。

そのとき、ゆきの悲しげな表情が目に浮かんだ。そして、ゆきの心の中に宿っている深い悲しみは、何なのだろうと思った。それは、かけがえのない妻子を不条理にも奪われた自分の心のありようを、そのまま映しているようにも感じられた。

小滝坑の坑内作業などに従事させられていた中国人たちが収容されていた跡地に建てられた、中国人殉難烈士慰霊塔まで足を延ばした良明は、そこで来た道を引き返し、通洞駅から、誰も待つことのない埼玉の自宅へと帰った。

ひたすらに　果てなき競ひに　身を委ね
行く末暗き　子らの哀しさ

翌日登校すると、すぐに育子が何か含んだ言い回しで声をかけてきた。

「いかがでしたか、足尾は？」

「ええ。人間が犯した罪の重さをまざまざと見せつけ、人間が滅びるということがどういうことなのかを実感させてくれる場所でした。どんなことでもしでかしてしまう人間という生き物は、遠からず滅んでいく気がします。でも、いつも先生のおっしゃっているように、教師たる者は絶望してはならないのだろうなという思いも抱きました。今はまだそんなことしか言えませんが……」

そう答えた後、ダムサイトで会った不思議な老人のことも伝えた。

「あまり人の訪ねることのないあんな場所に、どうしてそんな人がいたのでしょうね。まさか幻や幽霊だったというわけでもないでしょうし」

育子は、不思議そうな顔をして続けた。

「山上さんは優しいから、きっと話を聞いてもらえると思ったあそこで死んでいった人の霊が、老人の姿を借りて出てきたのかもしれませんね」

その言葉に良明も、あの老人の姿は幻だったのか現実だったのか、あやふやな気がした。老人ばかりでなく、松木の谷でゆきと出遭い、連れ立って歩いたことも、また夢だったような気もした。本当は由紀がゆきの姿を借りて、現れたのではないかとも思った。しかし、とうてい育子には伝えられないと思っていると、突然、彼女が尋ねた。

「ところで、今年の夏休みは何かご予定がありますか。もし何もなくて、ご都合がよろしければ、ご一緒にタイに行きませんか。もちろん、私たち二人きりというわけではありませんが」

少しいたずらっぽい目をして育子は笑った。

「え、タイって、東南アジアのタイですか？」

「私たちの勉強会で、今年の夏休みはタイに出かけ、東南アジアの環境汚染や日本の政府開発援助（ＯＤＡ）の実態について調査しようと企画しています。たぶん一〇人くらいになると思いますが、ご一緒しませんか。公害は決して過去の話ではなく、アジアの国々にとっては、まさに現在の、そしてこれからの問題です。また、南の国の環境破壊と日本のＯＤＡには密接なかかわりがあります。社会科の教師としては、そんな問題を自分の目で見て、生徒たちに自分の声で伝える役割があるように思っています。山上さんはどう思われますか？」

育子が埼玉県内の高校の教師たちとときおり開いている勉強会に、良明も何度か出席したことがあった。メンバーの真摯な姿には好感を抱いていたが、何事にも意欲的な彼らの姿勢には、どうも気後れするものを感じて、毎回参加することはなかった。

由紀を亡くしてから良明は、どうしても自分を殻で覆い、閉じ込もるようになっていた。そのことに責任を感じている育子は、良明にはひときわ気を遣っていた。そんな育子の心配りに、良明は心の中で感謝していたが、育子の気遣いを冷やかす同僚も少なくなかった。

良明が勤務する高校は男子校で、女性の教諭は、家庭科と芸術科を合わせても一〇名に及ばなかった。そのなかでもっとも若く、聡明で美人の育子がいまだに独身でいることが、しばしば話題になった。いつも冷静で、他人が何を言おうと毅然として自分の思うとおりに行動するリベラルな育子に対し、妬みのような感情を抱く者もいた。そんな思惑が、ことさら良明と育子のことを面白おかしく囃し立てさせていた。しかし、当の育子はまわりの噂などまったく気に留めることもなく、学校という閉塞的な社会で、自由な生き方を貫いていた。他の学校の社会科の教師との自主的な勉強会も、彼女の生き方から自然に発想され、作られたものであったが、ほとんどの同僚は「広瀬グループとはかかわらないほうが賢明だ」と避けていた。

良明は、いつも的確な示唆を与えてくれる育子に、尊敬の念を抱いていた。育子が足尾を訪ねるきっかけをつくってくれたおかげでゆきと会えたように、また新たな出会いがある気もしていた。

「タイではどんなところをまわる予定なんですか？」

「二〇日ほどで、東部の臨海工業地帯をまわる予定です。タイは、ジャカルタ湾ほど海が汚染されているわけでも、マレーシアのように放射性廃棄物が放置されているわけでもありませんが、日本のＯＤＡで、貧しい漁村に港湾や道路を整備して、大きな工業団地を造成しているところがあります。そこには日本の企業もたくさん進出していますから、その工場付近の漁村も見学して、工場の進出によって地域がどう変わったのか見てきたいと思っています。そして、開発というものが日本にとってどのような意味があるのかを見つめ直したいと思っています」

「そうですか。もしご迷惑でなかったら、ご一緒させてください」

「このまま放置していたら、世界中が足尾の禿げ山のようになってしまう」と、いつも口癖によう に言っている育子の言葉を思い返しながら、少し広い世界を自分で歩き、自分の目で見たいと思い始めていた。ダムサイトで出会った老人は、アジアの人びとに日本が強いた過酷な歴史を語った。ゆきは、インドを訪ねたときの体験をとても楽しそうに話した。二人が語ったアジアに、自分も少しふれてみたいと思っていた。

それから良明は、月一回の育子たちの勉強会に参加し、そこで学んだことや足尾で感じたことを授業でもふれるようにした。もっとも、受験に関係のない話に関心を示す生徒はほとんどいなかったが……。

良明が勤務する高校は制服もなく、きわめて自由な校風の学校であった。県内で有数の進学校でありながら、運動部の活動も盛んで、高校生活を自分流に謳歌している生徒たちも少なくなかった。とはいえ、一〇〇％の生徒が大学進学を希望し、大半の生徒は主要科目の予習・復習、進学塾の勉強に追われ、余裕のない生活を送っていたのも事実であった。

良明は、大学の法学部を卒業すると、大学院に入って教員の資格を取得し、高校教員となった。しかし、大学に入った当時は、司法試験にチャレンジして、検察官になろうと考えていた。それは、罪を犯すに至った者の情状を斟酌してかばう弁護士に対峙し、罪を犯した者の弱さや至らなさ、不純な部分を徹底的に糾弾することによってこそ、人が罪を犯すに至った背景にある真実が見えてくるような気がしていたからだ。そして、いつかは巨悪に挑む仕事にも携りたいと考えていた。

ところが、しだいに、国家権力の一員として、死刑の執行にまで立ち会う検察官という仕事に、自分は耐えられないように思えてきた。人を憎まずして科す刑罰は、罪人が自らの罪の重さを知る教育刑として科せられるべきであって、罪人そのものを憎む応報としての刑罰は科すべきではないのではないか。そして、最初から罪人をつくらないためには、教育にこそ力を尽くすべきではないかと思うようになった。それは、そのころから付き合い始めた女性の存在が大きく影響していた。その女性が、後に結婚して妻となった由紀である。

由紀は、小学校の教員になることを希望していたが、権力に対してはきわめて懐疑的で、「教育は国家にとって有為な人材を育てるために行われるものではない」という言葉をよく口にしていた。そして、一人ひとりが自由に自分の人生を選ぶ知恵と、たくましい生命力を育むためにこそ、教育にかかわりたいという思いを語っていた。由紀の夢を聞いているうちに、良明も、もっと伸びやかな生き方を子どもたちとともに求めていきたいと思うようになった。そして、結婚して子どもができ、可愛らしいわが子の顔を見ているうちに、子どもの未来を不安にするような所業を、親として、教育者として決して行ってはならないと思うようになった。

いわば生きる希望そのものであった由紀と響子を同時に失ったとき、良明は強い自殺願望と、この世が滅びることを願う破滅願望を抱いた。しかし、いつまでも二人の死を嘆いているだけでは、二人が嘆くという思いも、少しずつもちだしていた。

良明の担当は、政治経済と日本史であった。生徒が少しでも楽しく学べるように、自分で作成したプリントを使って授業を行っていた。だが、多くの生徒は、入試科目以外にはまったく関心を寄せることはなかった。政治経済と日本史を選択科目にしている生徒でも、入試にはあまり役立ちそうもない授業は聞いているのかどうかわからない状態であった。

そんな虚しい繰り返しのなかで、夏季休暇が訪れた。

第二章

常夏の国

わが町の　熱き夏より　心地よき
常夏の国の　ひと時の風

夏休みに入ってまもなく、良明は育子たちとタイに出かけた。メンバーは埼玉県内の公立高校の教諭、男性四人と女性五人、そのほかに育子の京都時代からの知り合いで、京都の大学で教鞭をとりながら有機農業運動をしている高田賢治が加わった。高田は関西国際空港からタイに入り、バンコクで合流する予定になっていた。

この旅は、良明にとって二度目の海外旅行であった。どこか不安を抱かせるだけでなく、不快な感覚も引き起こさずにはおかない離陸の後、飛行機は急上昇した。そして、大きく向きを変えて旋回すると、窓の下には小さな家が数えきれないくらい並ぶ光景が広がった。その周囲には、田畑の緑が輝き、遠くに見える山々に連なっていた。さらに、そこかしこの山の緑を食い荒らすゴルフ場の上を通り過ぎると、真っ白い雲海の中へ入っていった。どこまでも広がる雲海と真っ青な空が、みごとなコントラストを見せている。その間をゆっくりと飛ぶ飛行機の中で、良明はぼんやりと考えていた。

「由紀と響子のいる天国の光景も同じようなのだろうか……」

そのまま、飛行機は紺碧の海に輝くフィリピンの島々の上を通り、雄大なメコンデルタを通過して、一路目的のタイへ向かった。

蒸し暑い日本の夏よりも、さらに暑いと思っていたタイに着いたころには、すっかり陽が暮れていた。ドンムアン空港のロビーへの通路は、もわっとした暑さと独特の匂いに包まれていた。だが、いったん空港の外に出ると、意外なほど心地よい風が吹いていた。

「埼玉の夏のほうがよほど厳しいわね」

メンバーの中で一番年上の田中明子が言った。

もっとも、心地よいと思ったのは広々とした空港のまわりだけだった。「世界一の渋滞」とも言われるバンコクの街に近づくにつれて、おびただしい車から吐き出される排気ガスの中で、良明たちが乗ったバスは身動きが取れなくなり、メンバーは皆、不快感を露わにしていった。

車もバイクも、日本では考えられないほどの真っ黒い煙を吐き出して走っていた。ときにはベンツやBMWといった高級車を見かけることもあったが、車体の後部に「TOYOTA」という大きな文字を誇らしげにつけた車も多かった。街のあちこちには、「SONY」「NEC」「PANASONIC」という文字が書かれた看板も見られた。良明は改めて、日本企業の浸透力の凄まじさを知らされた。

長い時間止まったままで動かない車窓からは、夕暮れの街に数知れぬ人たちが行き交う光景や、排気ガスが充満している路上の屋台に身をおいて、明るく談笑しながら食事する人たちの姿が垣間見られた。良明は、「微笑みの国」と呼ばれる国の光景の一端を眺めながら、なぜか心が和んだ。そして、五年前に由紀と行ったヨーロッパの街並みを重ね合わせていた。

飛行機の中でもバンコク市内に向かうバスの中でも、育子はずっと良明の隣に座り、この旅に同行する高田のことを、まるで恋人の話をするように嬉しそうに語り続けた。宿泊先のホテルのロビーで初めて会った高田は、背筋をまっすぐに伸ばし、メンバーの中でただ一人初対面の良明に、笑顔で対した。礼儀正しく、温厚そうな高田に、良明はすぐに好感を覚えた。

高田はかつて、京都大学で核化学の研究に携わる気鋭の助教授であった。しかし、ふとしたことから自分の研究が人間の未来に大きな災いをもたらすのではないかという疑問を抱き、辞職していた。その後、小さな私立大学に勤めながら、有機農産物の共同購入などにかかわっていた。育子は、京都大学時代に高田と知り合い、良心に忠実で、謙虚な生き方をする真摯な姿に共感を覚え、就職してからも交流を続けていた。高田は育子たちの勉強会に講演に来たこともあって、メンバーとは面識があった。その講演会で与えた高田の示唆が、今回の見学旅行を企画するきっかけとなっていた。

タイでの初めての夜は、参加者全員がこの旅に寄せる思いを語った。良明は、車窓からバンコクの街を見て感じたことを口にした。

「海外旅行は二度めで、南の国は初めてです。五年前に一度ヨーロッパに行ったことがありますが、そのときなぜかヨーロッパはとても貧しいという気がしました。どうしてそんな感じを抱いたのかよくわかりませんでしたが、私たちが勝手に貧しいと思い込んでいる南の国に来て見ると、本当に豊かなのは北の国ではなく、南の国なのだと感じました。その豊かな南の国をなぜ、われわれは貧しいと思うようになったのか、この目でしっかり確かめたいと思っています。よろしくお願いいたします」

それを聞いていた高田は、相槌を打った。

「そうですよね。貧しいのは北の国で、南の国のほうが本当は豊かなのですよね」

それから、参加メンバーは互いに自分の思いを語り合い、ミーテングは盛り上がっていった。

幸求め　町に出つも　吹き溜まる
貧しき人びとの　日々の営み

翌朝早く、通訳兼ガイドとして頼んでいた国立チュラロンコン大学に留学している二人の日本人学生・斉藤昭雄と秋山耕作がホテルに到着した。すぐに良明たちは、チャーターしておいたマイクロバスに乗り込み、バンコクの郊外にあるレムチャバン村へ向かった。バスは市内を抜けるまで、窓を開けていたのではとても耐えられないような暑さと、排気ガスが充満する車の洪水の中を漂った。その間、斉藤と秋山が自己紹介をしてから、高速道路や鉄道線路の脇にあるスラムなど、ガイドブックには載っていない事柄について解説した。

「バンコクのスラムの人口は一二〇万人とも言われ、全人口の一割にも及びます。この人たちの多くが、東北タイや北タイの農村部から流れ込んできました。

タイではよく、首都のバンコクとそれ以外の農村部とは別な国だと言われます。それは、工業化による経済成長が著しい都市部と、農業が中心の地方とに、あまりに大きな格差が広がったからです。そんな状況のなかで、農業で食べられなくなった人たちが、仕事を求めてバンコクにやってきます。でも、彼らが望みどおりの仕事につけることはほとんどありません。物売りやトゥクトゥクと呼ばれる三輪タクシーの運転手、売春などに従事し、ようやくその日の糧を得て、スラムで暮らしているのです。それに対して政府は、スラムの住人を発展著しい首都の住民として認めたくないようで、さまざまな追い出し策を強引に進めています。スラムの人たちはしたたかで、それに負けているわけではありません。ただ、政府の対応は徐々に厳しくなっています」

斉藤の話を耳にしながら、良明たちは車窓からの景色に目を奪われた。街のそこかしこにビルや道路の建設現場があり、日本の高度成長期を思わせる。躍動的な街は、開発や発展に対するこの国の並々ならぬ意欲を現しているようにも思われた。そうした激しい渦の中で、貧しい力のない者たちが吹き溜まりのように集まるスラムは、邪魔者として吹き飛ばされる対象でしかないようだ。

斉藤は、車窓から見えるスラム街や、スラムの撤去対策として建てられている高層の集合住宅についても教えてくれた。彼の説明を聞いて、良明の隣の市の学校から参加している北川薫が質問した。

「今回のツアーにはスラム見学の予定は入っていませんが、自由時間などに案内していただくことはできますか？」

するとと秋山が答えた。

「皆さんがバンコクに戻った後はすべて自由時間で、スラムをご案内する予定はありません。でも、ご希望でしたら、スラムでボランティア活動をしている知人に案内を頼んでみましょう。皆さんだけで行くのは危険ですから」

「ありがとうございます。その件はバンコクに戻るまでに話し合ってみましょう。皆さんもバンコクでは見学されたいところがあるでしょうから。それでよろしいですか、北川さん」

育子の提案に、北川はすぐに同意した。

高速道路に入ると、バスは市内では考えられないスピードで走り出した。両側には荒れ放題の田んぼや塩田が点在し、ところどころにバンコクに通勤する人たちが住む高層住宅や、高級感が漂うコンドミニアムなどの建設が進められていた。どの建設現場でも、工事のために掘り返された赤い土が、行き交う車が撒き散らす風に舞っていた。その光景は、あたかも大地が赤い血の涙を流しているようであった。

海を渡る　風に向かひて　建ちつくす

お堂も埋める　開発の波

一九八〇年代に入ってから、新興工業国の一つとしてめざましい経済発展を続け、八八年から九〇年は三年連続で一〇%以上の経済成長を続けたタイでは、輸出入物資の量が急増していた。しかし、河川港であるバンコクのクロントイ港には二〇〇〇トン級の船舶までしか入港できず、シンガポールでコンテナを小型船に積み替えるという、面倒な作業を強いられていた。さらなる経済発展をめざすタイにとって、港湾施設の整備の遅れは致命的な阻害要因であった。

そこで五万トン級の船舶の入港が可能な港として、バンコクから東南へ約一三〇キロのレムチャバン村に新港の建設が計画され、それにあわせて工業団地の建設が計画された。ただし、近くに世界的な観光地のパタヤビーチがあるため、水域を汚染することの少ない軽化学工業団地が選択された。さらに、レムチャバンより南にあるマプタプット地区にも、タイ湾の天然ガスを海底パイプラインで陸揚げして、石油化学工場や化学肥料工場の建設を進める東部臨海プロジェクトが、一九八二年に決定した。日本政府はこの開発計画に、一二五七億円の円借款を供与していた。

日本の政府開発援助によって、道路や鉄道、ダムや送水管などのインフラが整備された五七〇ヘクタールに及ぶレムチャバン工業団地の造成は、丸紅と日本鋼管、飛島建設が共同受注し、日本製の資材や材料が使われた。入居を決めた旭化成などの工場は、竹中工務店などの日本企業が建設した。援助している日本の企業に多くの利益が還元される、第二の公共事業ともいうべき日本政府丸抱えのプロジェクトである。

この工業団地に進出し、輸出専用の工業製品を生産する日本企業には、税金の優遇措置という特権まで与えられた。しかも、日本の一〇分の一以下という格安な賃金で、容易に労働者を確保できた。進出する日本企業に至れり尽くせりの恩恵が保障されている一方で、タイの国民には円借款の返済が将来大きくのしかかっていく構造になっていた。

その一方、日本では、生産の場・働く場が減少し、産業の空洞化現象が進んでいった。

赤土の　ほこりに埋まる　村人の
生業優しく　お堂は見つむ

良明たちは、レムチャバンに進出した日系企業を見学する前に、「切れ込んでいて、さえぎる岬」という地名の由来となった、半島の付け根にある小高い山の上にバスを向けた。車窓からは、土木工事に必要な土砂を得るために、多くの木々がなぎ倒され、掘り返された跡や、赤い地肌が剥き出しになっている惨状を見ることができた。半島の突端にある小高い丘の上に、この村を見守るように建てられている小さなお堂も荒れるに任され、赤い埃に覆われていた。

海からは、半島に向かって心地よい風が吹いていた。海はどこまでも青く広がり、遠い水平線のかなたからは、白い幾筋もの波が運ばれていた。大海から吹く風や嵐から村を守る半島の付け根に見える浜辺には、椰子の木に囲まれた小さな家が点在し、何艘もの木造の細長い船が浮かんでいた。浜では女性たちが、船から引き上げられた魚を大きな網の上に干していた。作業する女性たちのまわりを、小さな子どもが何人も走り回っていた。

その浜の先では、コンクリートで固められた港の建設が進められていた。そして、港の後方には、真っ赤な炎が噴出している大きな煙突を何本も抱えた工場の群れが広がっていた。

風の舞ふ　赤土の野に　芝を敷き
作りし館　揺らす陽炎

その日の午後、良明たちは約束しておいた日系電機メーカーの工場を訪ねた。工場の入り口で通訳の斉藤がバスを降りて、タイ人の守衛に訪問の趣旨を告げると、守衛はどこかに確認の電話を入れた。しばらくすると、出迎えのために二人の日本人がバスの中まで入ってきて、五〇歳くらいの男性が愛想のよい笑顔で挨拶をした。

「遠いところから、よくぞおいでくださいました。日本の高校の先生方がわざわざタイの工場までご見学においでいただけるなどというのは、この工場始まって以来の光栄なことです。私も久しぶりに日本語を聞くことができるので、とても楽しみにしていました。私が副工場長の渡辺で、彼が池田です。よろしくお願いいいたします」

　それから良明たちはバスに乗ったまま渡辺に案内され、工場の中に入った。バスが事務室の前に止まると、多くの従業員が出てきて、出迎えてくれた。事務室の入り口には「歓迎　埼玉県立高校社会科研修会様」という看板まで掲げられていたので、何人かはその前で記念写真を撮った。

　冷房のよく効いた応接室に案内され、立派な椅子に座ってくつろいでいると、若いタイの従業員の女性二人がアイスコーヒーを運んできた。良明たちは全員喉が渇いていたが、氷が浮かんでいるのを見て、すぐにコップを口にする者としない者とに分かれた。渡辺は、そんな良明たちを目敏《ざと》く見て口を開いた。

「昔から日本では、『旅に出たら水に気をつけろ』と言い伝えられてきました。また、旅行のガイドブックにも、東南アジアを旅行するときは、『生水は飲むな。氷はどんな水から作られているかわからないから気をつけろ』と書かれています。たしかに、タイの衛生状態はまだまだよくありません。だから、日本人の旅行者が生水を飲めば、下痢をしてしまうかもしれません。抗菌グッズが大流行するくらい過剰な潔癖症になったため、免疫力が低下していると言われる日本人なら、伝染病に罹る場合もあるかもしれません。

　でも、これから国際社会に進出していく日本人が、毎日この水を飲んでいる途上国の人たちの置かれている状況を理解しないで、『こんな水は飲めない！』などと気取っていたら、到底現地の人たちと打ち解けていくことなどできません。私がタイに来て、ここの人たちと一緒に働くようになったとき、一番気を遣ったのは、ここの人たちにどれだけ自分を合わせていくことができるかです。私も最初は、ここの水を飲むことに抵抗がありました。だけど、それでは一緒に働くことはできないと思って、少しずつ訓練しました。あなた方は旅行者で、ここで生活をするわけではありませんから、あえて無理をする必要はありません。でも、ここで働いている私たちは、決して現地の人たちを差別したり、見下げているようなことはないということだけは、ご理解いただけたら思います」

その言葉を聞いて、アイスコーヒーに手を付けなかった者も、苦笑いしながらコップを手にした。今回のツアーの目的の一つは、東南アジアに進出している日本企業の横暴なふるまいを確認することであった。しかし、自分たちだけの利益を求めて現地の人びとの生活など省みていないと思っていた企業人から、タイの水を口にすることにすらためらいを感じる、自分たちの意識の程度を指摘された。良明は、実際に歩いてみるといろんなことが勉強できると、改めて思った。

ちょっぴり苦い思いをかみしめながら、育子が質問の口火を切った。

「こちらの工場では、今何を作っているのですか?」

「私たちの工場を紹介するビデオを用意しておきましたので、まずはそれをご覧ください。それから、ご質問にお答えしたいと思います。」

渡辺は、部下にビデオの上映を命じた。ビデオは、南国らしいタイの美しい光景と、「微笑みの国」に住む人たちの明るい表情や日常生活をまず映し出した。それから、この国が農業国から輸出志向型の工業国への転換を図っている様子が説明された。そして、日本のODAによって工業団地が造成され、工場が建設されていく状況を描いていた。さらに、真新しい工場でタイの若い労働者たちが、テレビ用のブラウン管の製造に真剣に取り組む場面や、仕事の合間に楽しそうに談笑する表情を映し出し、この工業団地の開発によって三万人の雇用が生み出され、タイの経済発展に寄与していくと結んでいた。

ビデオが終わると、質疑応答になった。

質問は、労働時間や賃金など労働者の待遇に集中する。それに対して、「一二時間二交代労働が残っているタイで八時間三交代制を採用している、最低賃金の日給一〇〇バーツを保障している、住居や通勤の費用は労働者の自己負担である、それが地域に新たな雇用を生み出している」などの答えが返ってきた。最後の質問を促す言葉に、高田がおもむろに口を開いた。

「最後におうかがいしたいのですが、海外での長い生活体験をおもちの渡辺さんから、日本の教員や教育に対して、何かおっしゃりたいことはありませんか？」

少し間をおいて、渡辺は答えた。

「とても口幅ったいですが、国際化の時代を生きる若者たちの教育に携わっていらっしゃる先生方には、常々言わせていただきたいと思っていたことが一つあります。これから世界を舞台にして働いていかなければならない日本人には、何よりも語学力が大切だと言われています。しかし、私は、必ずしもそうは思いません。

私が外国で長年働いた経験では、頭がよくて、語学力も抜群なのに、全然使えない社員が何人かおりました。それに反して、現地の言葉はおろか英語さえろくに話せないのに、現地の人から『あんたの言うことならわかる』ととても信頼されている社員がいました。何か問題が起こると必ず、『あの人をよこしてくれ！』と、彼が指名されることまでありました。

初めは、優秀のはずの人間が使えなくて、あまり期待されていなかった人間が実績を残している理由が、わかりませんでした。でも、その社員の人となりを見ていているうちに『なるほど』と合点がいきました。人間は結局、ハートが問題です。成績なんかどうでもいいとは言いません。語学力もそこそこは必要でしょう。でも、そんなことよりも、世界中どこに行っても通用するような、ハートのある人間を育ててください。私はいつもそんなことを考えています」

渡辺の熱弁を聞きながら、田中が興奮したような表情で言った。

「そうですよね。人間はハートですよね。そしてハートをつくるのが教育の仕事ですよね」

それから工場の見学が始まった。作業現場に向かって移動しながら、高田は隣を歩いていた育子と良明に囁くように言った。

「海外に進出している日本の企業人が、とても誠実で、とても一生懸命にやっているということはよくわかりました。でも、日本の企業が輸出加工区に進出し、タイの人たちに働く場を提供することが、この国の人たちにとって、どんな意味があるのでしょうね。一〇分の一の賃金でタイの人たちを働かせるということは、日本にとってどんな意味があるのでしょうね」

その言葉を聞いた後、近代的な工場で多くの若い労働者によって次々と製品が産み出されている光景を見ながら、良明は機械が動いているような感覚を味わっていた。そして、漠然と思った。

「何かが違う」

海に落つ　夕日を眺めつ　聞く声に
うたかたの夢　かなしく覚ゆ

工場の見学を終えると、良明たちは全員で半島の付け根にある海辺のレストランでタイ産のビールで乾杯し、夕食をとった。そこで斉藤が言った。

「このレストランの女主人は、工業団地造成のために、持っていた土地を一四〇〇万バーツ、日本円にして七〇〇〇万円ほどで売り、とても羽振りがいいんです」

派手な服装で元気に動き回る女主人は、日本人の客が大勢訪れたことにとても気をよくしているようで、盛んに話しかけてきた。斉藤がそれを通訳した。

「私はカネボウの化粧品を使っている。クリーム一つが一〇〇〇バーツもする。日本製品は高い。でも、素晴らしい」

もう一人の通訳の秋山が彼女に尋ねた。

「おばさん、土地を売って大金持ちになったんだってね」

「私なんかたいしたことはないよ。私が六年前に土地を売ったときより、土地の値段は一〇〇倍にも上がっている。だから、最近土地を売った人は、仕事なんか辞め、豪邸を建て、日本の高級車を買って、残ったお金をしっかり貯金し、その金利で豪華な生活を送っている」

秋山はすぐに通訳し、さらに解説した。

「タイの金利は一〇％以上なので、一〇〇〇万円単位の貯金をしていたら、とても豪華な生活が送れるでしょう」

良明は、日本の企業を誘致する工業団地を造成するために土地を売った代金で、タイの人たちが日本製の化粧品や車を購入しているという話を、複雑な思いで聞いた。働くことも忘れ、豪邸で金が金を呼ぶ生活を送っているという人たちに、これからどんな未来が待っているのだろうと思った。そのとき、終始ご機嫌だった女主人が少し神妙な顔つきに変わり、トーンを落としながら言った。

「この間、工場の排水のせいか、死んだ魚が河口から湾に向かって一〇日以上も流れていた。何人もの村人が、川の中に入ったら身体がかゆくなったと訴えている。新しい港湾施設に出入りする大型船の航行に漁船が邪魔になって危険だという理由で、多くの漁民は村からの立ち退きを求められている。村の人たちは故郷を離れたくないので、立ち退きには絶対反対と言っているが、工業団地ができることや開発そのものには賛成している。なぜなら、工業団地ができて、開発が進めば、多くの雇用の場が得られ、日本の進んだ技術も学ぶことができるからだ」

貧しかった村に大金が投じられ、人びとの生活が大きく変わり出していた。村の環境も汚染され始め、少なからぬ村人が生活を根底から覆されようとしていた。しかも、開発がもたらされる利益の大半は日本に還元されていくシステムになっている。にもかかわらず、村人の多くが開発には反対していないという。

「『公害というものが出るくらいまで発展してみたい』という言葉を口にする人たちがいる」

女主人が口にしていたそんな言葉を聞きながら、良明は徐々に暗くなっていく目の前の海のように、この国の未来を深い闇が覆い出している気がしてならなかった。

食事を終えると、翌日からの予定について話し合った。そして、立ち退きを求められている村の人たちの話の聞き取りをするグループと、リゾートホテルやコンドミニアムの建設が進められている観光地を調査するグループに分かれて行動することが決まった。良明は、育子や高田、斉藤らとともに、リゾート開発の現場を見るグループに加わった。

食後はすぐに、それぞれの宿へと移動した。良明たちは、レムチャバンから南に下った観光地、ラヨーンのはずれの海岸に建てられた小さなホテルに宿を決めた。そして翌日、木々に囲まれた開放的なタイ式住居に住む、ニロートという市民活動家を訪ねた。

「サワディーカ」

タイ式に手を合わせて挨拶を交わした後、ニロートの話を斉藤の通訳をとおして聞いた。

「マングローブに囲まれ、豊かな自然に恵まれていたこの村には、漁師から魚を買い、干物などに加工して生活する人がたくさんいた。ところが、二〇年ほど前に魚の冷凍工場が進出してくると、漁師は少し高く買ってくれる工場に魚を売るようになり、加工業者の生活が成り立たなくなる。その後、肥料工場が進出してくると徐々に海が汚れ、マングローブの森も少しずつ枯れていった。さらに、大規模操業を行う外国船が進出してくると漁獲量は激減し、漁師の生活も成り立たなくなった。開発は、お金がなくても暮らせた地域の生活を徐々に破壊し、お金があるかないかが物事を考える基準になるような、心の荒廃を招いてしまった」

漁師の子どもたちは、幼いときから親と一緒に海に出て、海や魚がどういうもので、漁がどんなものかを学びながら、おとなになった。しかし、海とともに生きていく生活が失われるにつれ、親や地域から学ぶ知恵よりも、学校教育が施す知識のほうが大切に考えられるようになった。もともと近代国家が行っている学校教育は、国家にとって役に立つ人間を確保する目的で行われ、地域で生きていくために必要な知恵を伝えていこうとは考えていない。だから、学校教育が浸透するにつれて、地域で生きるための知恵が遅れたもののように思われ、遅れた地域を開発していくことに何の抵抗も感じない人間を作り出した。魚がいっぱい獲れたときに見せた地域の人たちの笑顔と、開発によって多くのお金が手に入ったときの笑顔とは違う。自分はもう一度、地域で生きていくために、かつての笑顔を取り戻すために、子どもたちに何を伝えるべきか模索している」

ニロートは静かな口調で語ったが、その言葉は良明たち教師にはとても重く響いた。日本では、地域で生きる知恵の伝承などまったく顧みられることはない。ひたすら知識を詰め込み、受験を念頭に置いたテクニックの習得ばかりに力が注がれていた。高校の序列は難関大学の合格者数で決まり、多くの教師は『自分の教え子を何人東大に送り込んだか』を自慢し合っていた。しかも、愛郷心がそのまま愛国心に連なり、二つが相反する可能性があると考えられることもなかった。

何より良明にとって、ニロートの言葉は由紀が教師の仕事に寄せていた思いと重なっていて、共感を覚えた。かつての日本が歩んだ道を今タイが歩んでいる。その先に、何が待っているのだろうか。地域で生きていく知恵を顧みなくなった日本は、どこに行くのだろうか。そう改めて考えた。

暖かく　つつみし海の　揺りかごに
湧きいず生命　確かに抱く

それからニロートに、マングローブを埋め立てて造られたリゾートホテルやエビの養殖池、ガラスの材料を掘り出すために大きな穴が生じた海岸と、その穴を埋めるために土砂が削り取られた山間部に案内された。さらに、荒れ果てた赤い大地に、日本のＯＤＡによってアカシアの木が植えられた現場も見せてくれた。アカシアの木は、荒れた大地にわずかに残されていた栄養分をすべて吸い上げて急速に成長し、パルプの原料として伐採され、日本に輸出されること、アカシアが育った土地は草一つ生えることのない荒れ地になることを聞かされた。養殖されたエビもガラスの材料も、日本の工業製品を買う対価として、日本へ輸出されているとも聞かされた。

荒れ果てた故郷の大地を案内しながら、交通事故で首に大きな怪我を負ったというニロートは、疲れを隠せないほど暗い表情を浮かべ、元気を失っていった。そんなニロートに、良明たちは語りかける言葉を見つけられず、自分の身体もだんだん重くなっていく気がしていた。それでも、ニロートは、わずかに残ったマングローブの中でカニを獲っている村人に会うと、案内を忘れ、彼と一緒になって、カニが隠れている穴を掘り始めた。そして、次々に捕まえると、一匹一匹を誇らしげに示しては、子どものように微笑んだ。

荒れ果てた故郷の大地を見つめて、すっかり暗くなった心を再び躍らせてくれたのは、かろうじて残っていたマングローブの森の豊かさであった。生命湧くマングローブの素晴らしさにふれたニロートは、身体の内側から癒されていくようであった。

「破壊された現場を直視した後に、それでも壊されることなく生き残ったマングローブの素晴らしさを紹介すると、自分たちがどれほど大切なものを失ったのか実感でき、この地域を甦らせるために何をするべきなのか、考えるきっかけをつくることができるかもしれない」

ニロートは、スタディツアーの方法を楽しそうに語り、カニの食べ方についての講釈を始めた。

潮風に　吹かれつ味わふ　豊饒の
海より生まる　連なる生命

良明たちはその夜、ニロートにもらったカニを浜辺のレストランに持ち込んで、調理を頼んだ。料理が出来上がるのを待つ間、厨房の脇にある住居を覗き込むと、子どもたちが見ているテレビにドラえもんが映っていた。

良明は、海からの心地よい風が吹く野外に設けられたテーブル席に座って、どこかで聞いた「ホームドラマをとおして見せられたアメリカの豊かさが、日本人に物質に対する強い崇拝心を植えつけた」という言葉を思い出していた。

「ドラえもんは、日本の経済進出のもっとも有力な武器になっているのかもしれない」

料理が運ばれ、ちょっぴり豪華なディナーが始まった。ビールで乾杯してから、メンバーが寡黙にカニと格闘し、たちまちのうちに平らげると、高田が口を開いた。

「以前、『未来の人間がドラえもんのようにタイムマシーンに乗ってやってこないのは、人類が進歩への幻想を捨てたのか、進歩しすぎた結果人類が滅亡してしまったのか、そのどちらかだと思う』と言ったら、ある人から『あなたは科学者なのに、科学が永遠に進歩していくということを信じないのですか?』と聞かれたことがあります。私は、『科学は、疑うことから始まって、その疑問を解明し続ける営みです。信じるという言葉がふさわしいのは、宗教の世界ではないですか』と答えて、怪訝な顔をされました。

そのときはそう言いましたが、科学はキリスト教から出発しているように思います。キリスト教は、『神は自然と聖書という二つの偉大なものを創った』と説きます。その聖書を解き明かすことと、神が自然をどのように創ったかを、神に似せて創られた人間が解明するという科学の営みは、同じ発想から成り立っています。近代科学の祖と言われるニュートンも、神が創った金を人間なら創り出せるはずだと考え、錬金術にもはまりました。錬金術も、万有引力の法則も、神の真理への到達を究極の目標としていた彼にとっては、まったく同じ意味をもっていたのでしょう。でも私は、天地創造とマリアの処女懐胎という話には、どうしても男の劣等感と嫉妬心を感じてしまいます。

よく仲のいい夫婦をオシドリに例えますが、オシドリの夫婦は仲がいいからいつも一緒にいるのではなく、常に雌が不倫をしないよう見張っているために、雄が雌の傍を離れないそうです。ところが、そんな執拗な努力にもかかわらず、現実には雌鳥の半分以上が、つがいの雄以外の子どもを宿しているといいます。人間の雄は、このオシドリの雄の轍を踏まないように、より強い猜疑心と嫉妬心を進化させた生き物なのかもしれません。

人間の雄もまた、胎内に自分の子どもを宿す母親とは異なり、『自分の子どもが本当に自分の子どもである』という絶対的な確証をもちません。その猜疑心や嫉妬心が、『女を男のあばら骨から創った』という話や、『キリストが処女のマリアから生まれた』という神話を作り出したような気がします。男たちは、無力感や蔑《さげす》んでいるはずの女性に対する敗北感から逃れようとして、そんな神話を作り出したような気がします。そして、猜疑心や嫉妬、敗北感を克服するために、男の力だけで生命を生み出す方法として、科学技術に活路を見出し、科学が永遠に進歩するという信仰を抱いたのではないでしょうか。

男は、科学技術を用いて、手の代わりの機械を造りました。足の代わりに車を、頭の代わりにコンピュータを造りました。でも、生命そのものを創り出すことはできません。生命だけでなく、金などの元素を創ることもできませんでした。だから、敗北感と挫折感を味わった嫉妬心と虚栄心ばかりが強い男たちは、ウラン原子の核を破壊することによって得られる膨大なエネルギーを用いて、すべての生命を抹殺してしまう悪夢を抱くようになったのかもしれません。

妊娠したお腹の大きい女性の土偶が作られていた時代には、男も女も、もっと素朴に愛し合い、女性が生み出した子どもを、もっと素直に慈しんでいたと思います。その時代のように、私たちももっと単純に愛を見つめ、新たな生命の誕生という奇跡に喜びを感じていれば、人類が核兵器の脅威にさらされることなどなかったのではないでしょうか」

高田の科学論を聞いて、良明は質問した。

「高田さんは、どうして京都大学を辞められたのですか?」

少し照れたような表情を浮かべながら、高田は答えた。

「妻のせいかもしれませんね。私はとてもまじめな研究者で、大学と家を往復しているだけの人間でした。家事も育児もすべて妻任せ。子どものオムツ一つ替えたこともありませんでした。そんな私に、妻は不満の言葉を投げつけることはなかったのですが、あるとき『男の人は作ることばかりを考えて、作ったのものがごみを出す、ごみになるということはまったく考えない。後始末はいつも女任せ』と呟くように言ったことがあります。その言葉は私の心に突き刺さりました。

私は、原子力が生み出す膨大なエネルギーが人類に明るい未来をもたらすと信じて、大学を出ると、原発の製造に取り組み始めた会社に就職しました。そこで従事したのは、原子炉の中で放射性物質がどのような動きをしているかという研究です。ところが、研究すればするほど、わからないことが増えていき、勉強し直すために、会社を辞めて大学に戻りました。それでも私は、他の優秀な人たちはきっと自分の研究を着実に進めているだろう、だから次々と原発ができていくのだろうと思っていました。核廃棄物の後始末も誰かが研究していて、いつか必ず安全な処分方法を確立してくれるだろうと思っていました。

ところが、よくよく周囲を見ると、疑問を突き詰めて考えることは軽視され、わからないことがそのまま放置され、広い視野をもって総合的に判断している人がいないのに、実用化ばかりが急がれていることに気がつきました。放射性廃棄物の後始末など誰も考えていないことも、知ってしまいました。ウラン鉱石を掘り出して、天然ウランにわずか〇・七%しか含まれていない、燃えるウラン二三五を得るためには、その二五〇万倍もの鉱滓を、アメリカやオーストラリア、アフリカの先住民たちの居住地に放置して、無用な被曝を強いていることも、知ってしまいました。それほどの労力を払い、膨大なエネルギーを投下してもウランを得ようとしているのは、ウランのもつエネルギーが採算を度外視する軍事目的に直結し、為政者が核兵器を持ちたがっているからでしょう。

そして、『原発ジプシー』と呼ばれる人たちに、放射能に汚染された原発内部を雑巾で拭き取るような原始的な作業を強い、被曝させている事実も知りました。原発が、弱い者・貧しい者への差別の構造の上に成り立ち、お金の力でようやく動く暴力装置でしかないことに気がつきました。

科学技術は、実験によって再現性を確認し、検証していく営みです。ブレーキが効くかどうかわからない車には、誰も乗りません。車は何度も暴走実験を繰り返し、確実に止まるかどうかを確認してから、実用化に入ります。でも、原発の場合は、暴走したとき確実に止まるかどうかを、実験によって確かめることができません。しかも車なら、ブレーキが効かなくても被害者は限定されますが、原発が暴走したらどこまで被害が広がるか、想像すらできません。

たしかに原発も、理屈の上では止まることになっています。でも、その理屈はあらゆる場合を想定しておらず、都合の悪い条件は、あらかじめ除外しています。そんな操作をしなければ、原発の実用化など不可能です。限られた範囲しか想定しない人間はまた、必ずミスを犯す生き物です。しかし、人間のミスが破局的な結果につながる原発は、ミスを許してくれません。

にもかかわらず、私たちは『原発ができれば、電気はただみたいに安くなる』と吹き込まれ、ドラえもんのような原子力で動くロボットが一般家庭にも入り込み、次々とポケットから便利な道具を出してくれる明るい未来を夢見ました。ドラえもんを動かしている原子炉は、食べものを原子レベルにまで分解して取り出したエネルギーで動くので安全なのだそうですが、同様に飛行機や車も安全な原子力で動く時代が来ると考えてしまいました。そのへんを走っている車の原子炉が壊れたらどうなるのか、使用済みの燃料をどうするのかを考えることもなく、科学技術が永遠に発展していくという宗教を信じ込んだのです。

マンガの世界なら、なんでもありなのかもしれません。でも、車に当たれば人は死んでしまうように、強い放射線に曝されれば、人間は確実に死にます。人間の細胞を構成している分子が化学結合しているよりも、一〇〇万倍もの強いエネルギーを持っている放射線は、電子を奪って遺伝子を傷つけ、細胞を構成する水分子を電離し、活性酸素まで発生させてしまいます。その放射線やフリーラジカルが人間に有害であるという事実を変えることはできません。科学はその限界を見極め、本質を追求する営みであって、不可能を可能にする魔術ではありません」

転職になるきっかけを妻がつくったという高田の話は、由紀と付き合ってから教師に方向を転換した良明には、とてもよくわかる気がした。そして、ウランの鉱滓の山を放置して先住民に被曝させているという話は、松木の谷にうず高く積み上げられていた鉱滓を思い出させた。しかし、「車のブレーキ」という言葉を聞いた瞬間、心に刺すような痛みが走っていた。

「自分の研究に疑問を抱くような言葉を妻が口にしたころ、私の子どもは、ひどいアトピー性皮膚炎で苦しんでいました。毎晩身体をかきむしる指には血がにじみ、睡眠も十分にとれない日が続きました。妻は本能的に、アトピーは単なる皮膚の炎症ではなく、子どもがもっと重い病に罹ることを暗示していると感じ、不安でたまらなかったようです。

でも、私は妻の相談に耳を傾けることもなく、『医師の指示に従って様子を見ているしかないだろう』という冷たい言葉を口にするだけでした。そのために一人で思い悩んだ妻は、ある人に相談し、その人の助言に従って、合成洗剤を止めて石けんに変え、農薬や化学肥料が使われていない食べものを選んで与えるようにしたのです。すると、アトピーは驚くほどよくなりました。その事実を目にしたとき、私はまたハッとして、こう思いました。もしかすると、私が携わってきた科学技術は、子どもたちの未来にとんでもない災いをもたらすものなのかもしれない。

アトピーという言葉は、もともと「奇妙なとか、稀な」という意味です。しかし、さまざまな化学物質が氾濫し、毎年新たに一〇〇〇種類以上もの化学物質が作り出されている現在では、決して奇妙でも、稀でもない、ごくありふれた病気になっています。むしろ、すべすべの肌をしている子どものほうが稀です。

花粉症も、今では『国民病』とまで呼ばれるようになりました。花粉症は、花粉が多いはずの山間部より、排気ガスが充満している市街地で、はるかに高い発症率を示しています。これは、アレルギーが、タンパク質に対する反応というよりも、化学物質に大きく影響を受けていることを示しています。そして、アレルギーの症状も、単に皮膚の炎症や鼻炎ばかりではありません。

ある小児科医から聞いた話ですが、彼の患者に、給食でパンを食べた後に体育の授業があると、凄まじい形相で暴れ出す小学生がいたそうです。その暴れ方は尋常ではなく、学校ではやむなく彼を縛ってしまうそうです。その症状は、小麦を食べただけ、体育で身体を動かしただけでは起きません。小麦を食べた後に、体育の授業で身体を動かしたときにだけ、現れます。それは運動誘発性アレルギーと呼ばれ、脳の働きまで著しく乱されるようです。そして、市販のパンと、無農薬の小麦で作られたパンとでは、症状の表れ方が違うと言います。

人間の感情は、化学物質である神経伝達物質が作り出していますから、神経伝達物質によく似た構造の化学物質が環境にあふれていれば、当然人間の感情も大きく左右されるでしょう。頻発している校内暴力や家庭内暴力、子どもの虐待なども、化学物質が大きな影響を与えているのかもしれません。現に、私の子どもに無農薬で作られた有機農産物を食べさせ、合成洗剤の使用を止めたら、アトピーが治っただけでなく、とても穏やかになり、勉強にも集中するようになりました。

私は子どもたちの劇的な変化を見ていて、化学物質は子どもたちをアレルギーなどで苦しめるだけではなく、もしかしたら生命を生み出す根源的な力さえ奪ってしまうのではないかと思うようにもなりました。最近、男性の精子の数も、ずいぶん減っているといいますし……」

良明は、高田の話を聞きながら、由紀が妊娠したとき食べものにとても敏感になり、「農薬や化学物質があふれ、虫や鳥たちもいなくなってしまった環境には、きっと人間も住むことができなくなるだろう」と言っていたことを思い出した。また、新築のアパートに入居したとき、由紀から「あなたは最近とても怒りっぽくなった」と言われたことも思い出した。そのとき室内にはとても嫌な臭いが漂っており、部屋の換気を十分にしたら気持ちが大きく変わった。

「あるとき、妻から『原子力発電所は、大きな地震にあっても壊れることはないの?』と聞かれたことがあります。そのとき、私の迷いは頂点に達しました。

マグニチュード六の地震がもつエネルギーは、広島型原爆のおよそ一個分がもつエネルギーがあります。マグニチュードが一つ上がると、エネルギーは三二倍になりますから、マグニチュード八クラスの巨大地震となると、そのエネルギーは三二倍の三二倍、一〇〇〇発もの原爆がまとめて落とされたくらいの破壊力をもつ計算になります。そんな巨大なエネルギーをもった地震に襲われたら、耐えられる建物など、この世に一つもないでしょう。

原発は、巨大地震が起こらないと考えられる場所に建てたはずでした。立地地域で想定される最大の地震にも耐え得るように設計されているはずでした。でも、もしかしたら、私たちが勝手に地震の空白地帯と思っていた地域が、地震のエネルギーをしっかり貯め込んだ、巨大地震の震源域かもしれません。

仮に核シェルターのように、地震では壊れない頑丈な建屋に原子炉本体を収めたとしても、総延長七〇キロにも及ぶ配管がどこかで損傷し、原子炉を冷却できなくなれば、原発の中に貯め込んでいた原爆一〇〇〇発分もの放射能が漏れ出すでしょう。陸地面積の〇・二五%しかない日本列島には、地球の地震エネルギーの一五%が集中していると言われています。事実これまで日本は、繰り返し巨大な地震に襲われ、大きな被害を受けてきました。それでも先人たちは、廃墟の中から立ち上がり、復興させてきました。しかし、原発が地震で崩壊して、放射能を撒き散らしてしまったら、狭い日本に人の住むことのできる場所などどこにもなくなり、復興はとても望めません。

ウラン二三八が物理的に半分になる半減期は、四五億年です。四五億年前に地球が誕生したころ、ウラン二三八は現在の倍存在していました。ウランばかりでなく、もっと強い放射線を発する半減期の短い、今は天然に存在しなくなった放射性物質も、当時の地球には満ち満ちていたでしょう。だから、地球に誕生した生命は、長い間水中から出ることができませんでした。

ところが、私たちは、せっかく薄い濃度になったウランをわざわざ掘り出しては濃縮し、プルトニウムのような人工的な放射性物質まで作り出してしまいました。私たちは今強い放射線を発している使用済みの核燃料を、水中で保管しています。でも、地球をもう一度放射能まみれの星にしてしまったら、生き物は再び水の中でしか暮らすことができなくなるでしょう。放射能はこれまでの生命の歴史をすべて否定してしまいます。

原発を推進してきた人たちは、原発の危険性と放射能の恐さを知っているからこそ、自分たちが住む都会から離れた地域に、原発を建ててきました。自然が豊かな地域に住む人たちの頬を、札束でたたいて籠絡《ちょうらく》してきました。お金をもらうということが『危険を引き受けることだ』とまで思い至らない純朴な人たちに、出稼ぎに行かなくてもすむ程度の仕事を与え、原発という『麻薬』に依存しなければ生きていかれないような、中毒患者にしてしまいました。ほんの一瞬、希望の光のような淡い期待を抱いて原発を受け入れた地域に、これからどんな未来が待っているのだろうと考えると、私は原発が人間の冷酷さの極みに建っているように思えてなりません」

良明は高田の話を聞きながら、原子力というものの本質がよく理解できたような気がしていた。

「原発で使用した核燃料を再処理した、高レベルの核廃棄物を詰め込んだガラス固化体の傍に数十秒いただけで、人は致死量のガンマ線を浴びて死んでしまいます。そのガラス固化体一本には一〇年後も二・五kWもの発熱量があり、数億人にがんを起こさせ得る毒性を残しています。本来、放射能に許容濃度はありませんが、一〇〇万年後に『許容濃度』といわれている濃度に薄めるためには、三〇〇〇万トンもの水が必要です。

そんな恐ろしい毒性をもつものを、長い時間閉じ込めておくことのできる容器や建物など、とても人間には造れません。この国は、一本でも手におえないそれほど恐ろしいものを、これから何千本も作り出して、地下に埋めようとしています。でも、一度地下に埋めたら、たとえ容器が劣化して放射能が漏れ、地下水を汚染しても、人間にはどうすることもできません。

親が飽食を貪り、食糧の大半を食い尽くした後に、餌を与え続けなければ暴れ出す猛獣だけを遺産として残したら、子どもたちは親をどれほど恨むでしょう。私たちの子孫は、化石燃料が尽きた後も何万年・何十万年にもわたって、放射性廃棄物というごみを管理し続けなければなりません。それを怠れば、猛獣に与える餌に手をつけた子どもたちが猛獣に食い殺されるように、滅ぼされてしまうのです。そんな凶悪な負の遺産を子孫に押し付ける行為を犯罪と呼ばないとしたら、この世に罪として糾弾されるべき行為など存在しません。

だから私は、たとえ電気が足りなくて頻繁に停電しても、原子力で電気を造るべきではないと思い、研究も大学も辞め、収入が半分以下になる小さな私大へ転職しました。そのとき妻に『大丈夫か?』と聞くと、あっさり『あなたが本にかけるお金を減らして、ぜいたくを控えてくれればね』と言われました。辞めた後に、子どもたちも『僕はアトピーになって、よかった。アトピーになったから、まわりにあふれている農薬や添加物など化学物質の怖さがよくわかった。とても辛かったけど、いい勉強になったと思う。病気になる原因がわかれば、きっとがんなどの大きな病気の予防にもなると思う。それに、そのおかげでお父さんが危ない研究を辞め、僕たちとも遊んでくれるようになったのだし』と言いました。

『風邪に効く薬を発明したらノーベル賞がもらえる』と言われていますが、現在市販されている風邪薬は、すべて熱やくしゃみ、咳といった症状を抑える程度の効果しかありません。本当に風邪を治すのは、熱を上げることで熱に弱いウィルスの働きを弱め、鼻汁やせきや下痢によってウイルスを身体から出そうとしている、症状そのものです。ただし、症状は身体に辛く感じられます。だから薬剤は神経をマヒさせて、その辛い症状を抑え込むのです。ところが、症状が軽くなったことで風邪が治ったように、多くの人が錯覚しています。

アトピーの治療に用いられるステロイドも、免疫の過剰な働きを抑制するだけで、免疫が過剰に反応しているアレルギーを起こすという根本的な原因を改めるわけではありません。私の子どもたちは、生活環境が清潔になりすぎたために、働く場がなくなった免疫が本来の働きを取り戻そうとして、皮膚をジュクジュクにして病原菌が入りやすい体質に変え、アレルギーという現象を起こしたのだと理解したようです。今の生活を見直す機会を提供するための啓示としてアトピーを受け取ったようで、さすがに、あの母親にして、あの子どもたちです」

高田は嬉しそうに笑ったが、すぐに口調が変わった。

「タイの小さな漁村にも開発の波が押し寄せ、大規模な工事が進められ、働く場所が生まれました。多くの村人は、明るい未来が開けてくると思っています。だから、私たちが日本で思っていたよりも、開発反対と唱える人は多くないようです。でも、そのためにこの村は何を失ってしまうのでしょうか。日本で原発を受け入れた地域も、何を失ってしまったのでしょうか。これからあの人たちに、いったいどのような未来が待っているのでしょうか。今日ニロートさんからいろんな話をおうかがいし、改めて考えさせられました」

高田の言葉を聞きながら良明は、住む者が誰もいなくなった小滝の里の光景を思い出していた。そして、廃墟の中に一人たたずむゆきの姿も、そっと思い浮かべた。

高田が、食事の手を休めて長い話を聞いている良明たちに、食べるように促した。良明たちが談笑しながら鳥料理を頬張っていると、高田は思い出したように再び口を開いた。

「私は科学技術を進める側にいた人間ですから、食べものが農薬や化学物質で汚染されるようになったことに対して、大きな責任があると思っています。だから、農薬や化学物質に汚染されても健気に生きている生命をいただくときは、感謝していただきたい。そして、なぜ農薬まみれの食べものばかりが横行するのか、どうすれば食べものの安全性など気にしなくても生きていける社会をつくっていくことができるのかを、考えていこうと思っています。そして、何より子どもたちに、少しでも安全なものを食べさせることができればと、有機農業運動にかかわるようになりました。

先日、同じ思いを抱いて有機農産物の共同購入をしている仲間と一緒に、卵を提供してくれている農家を訪ね、鶏の飼い方について聞く機会がありました。その農家では、雌鳥の中に一定の割合で雄を入れています。すると、雌に囲まれた、まさにハーレムの中で暮らす雄は、次々に雌と交尾を交わし、有精卵を作っていくそうです。でも、だんだん歳を取っていくと、さすがに精力が弱まり、交尾をしなくなります。すると、途端に雌たちは雄を突っついたりして虐《しいた》げるそうです。セックスができなくなった雄は、お払い箱になってしまうそうです。

その話を聞いて、私は少し不安になり『人間もそうなのかな?』と妻に尋ねました。すると、妻は『夫婦にとってセックスはとても大切だけれど、人間はセックスだけでつながっているわけではないから大丈夫よ』と言ってくれました」

爽やかな笑顔で高田は話を終えた。すると、黙って聞いていた斉藤が嬉しそうに言った。

「私は通訳を頼まれましたが、広瀬さんが大学の先輩であるということ以外は何も知らなくて、なんかうさんくさい連中が来たなと思っていました。でも、皆さんとても真面目な方ばかりで、大先輩の高田さんともお会いできて、いろんなことを勉強させていただき、とても光栄です。私は独身なので夫婦のことはよくわかりませんが、私の知人に『セックスの素晴らしさを知らないから、お金で性を買うようなことができる。私は売買春をなくすために、素敵なセックスについて紹介する本を書く』と言っていた者がおります。本の題名は文字どおり『性愛』にするといっていました。もう出版されたのかどうかわかりませんが、日本に帰って出版されていたら、ぜひ読んでください」

それを聞いた田中が訪ねた。

「お友だちは、なんていう方ですか?」

斉藤の答えを聞くと、続けて言った。

「私も素敵なセックスを知っているわけではないかもしれませんが、買春行為は許せないと思います。成田空港には、海外旅行する人たちに『行ってらっしゃい!エイズには気をつけてね』とコンドームが呼びかけているポスターが貼ってありました。私の知人も、『夫が東南アジアに出張するときには、カバンにそっとコンドームをしのばせておく。それが現代の日本人の妻としてのたしなみというもの』と言っていました。彼女は『東南アジアの女とセックスしても、本気になるわけではないから大目にみる』とも言っていましたが、私は、男も女も、日本人は恥を知らない民族になってしまったような気がしてなりません。バンコクにも、そんな男たちがたくさん来ているようですから、その実態も見ておきたいと思っています。皆さんは、いかがですか?」

育子がそれに応えた。

「そうですね。せっかくのチャンスですから、バンコクに戻ったら歓楽街の見学ツアーも行いますか?」

同意を求められた良明は、高田夫婦の話を聞きながら由紀とのことを思い出し、あいまいな言葉しか返さなかった。そして、口を開いていた。

「私の妻は妊娠したときの梅毒検査で、ワッセルマン反応が陽性でした。担当の医師が、『あなたに何も覚えがないなら、あなたの旦那が浮気をしていたのでしょうね。男なんて陰では何をしているかわかりませんから』と言って笑ったそうです。その言葉に妻は憤慨して、『あなたに私たち夫婦の何がわかるんですか？　彼は絶対に私を裏切るはずはありません。その検査の結果は間違いです』と断言してきたそうです。事実、検査結果は間違っていたのですが、だから、その検査の結果はデータよりも私を信じ、私たちの関係を大切に思っていました。そんな妻と、夫婦として、かけがえのない時間を過ごせたかどうか自信はありません……。

でも、その妻は一年ほど前に、子どもと一緒に交通事故で死んでしまいました。それ以来、私はできるだけ車に乗らないようにしてきましたが、高田さんもほとんど車に乗られることはなく、たいていのところは歩いて行かれるそうですね」

良明の言葉を聞いた高田は、優しいまなざしを向けて言った。

「そうでしたか。山上さんは素晴らしいお連れ合いを、交通事故で亡くされているのですか。私には言葉もありません……。私はただ、少しでも余分なエネルギーを使わないで生きていくことが、人間らしい本当に豊かな生活であると思っています。だから、少しばかり早く目的地に着くために大量の電気を使う新幹線には乗りません。可能なかぎり、車にも乗らないようにしています。

もっとも、ここに来るために、飛行機にも車にも乗ってしまいましたが……。

もともと、道路は人びとの交流の場であり、子どもたちの遊び場でした。車は、人びとからそんなかけがえのない場を奪ったのです。子どもたちは外で遊ぶことができなくなったばかりでなく、地方によってはヘルメットの着用も強制されています。車は交通事故を頻発させ、排気ガスを撒き散らし、花粉症まで引き起こし、道路の建設や整備、交通事故対策、環境対策、緊急医療の整備、花粉症の治療など、多大な負担を社会に強いています。

車を運転して便利さを享受している者が、そのために必要なコストを負担しているなら、まだ車の利用が許容される余地もあるかもしれません。でも、東京大学の宇沢弘文さんが車の社会的費用について世に問うた一九七四年当時でさえ、車を利用する一人ひとりが負担すべき社会的費用は、毎年二〇〇万円にものぼったそうです。そんな多額な社会的な費用を車の代金に上乗せしたら、車を購入できる人の数はきわめて限定されるでしょう。

だから、車を売って儲けたいと考える者たちは、応分の費用を負担することのない車が我が物顔で突き進む暴力に対して、誰もが『おかしい』とは思わない感覚を蔓延させることにしました。その思惑がみごとに成功して、クラクションを鳴らして人を追い立てるという図々しい横暴な振る舞いが、車を運転する者に当然の権利として認められるような社会にしてきたのです。よく『車を運転すると人格が変わる』と言いますが、まさに車は人を尊大にして、老人や妊婦や障がい者にまで平然と歩道橋を渡らせています。人と物を素早く移動させるためだけに、毎年一万人もの人たちを平然と殺しています。

言動一致の宇沢先生は、いつもリュックを背負い、ジョギングシューズを履いて、たいていのところに走って行かれます。私はあまり走りませんが、出かける範囲を歩いて行けるところに限定して、よほどのことがないかぎり遠出はしません。でも、それは、きわめて例外的な感覚なのかもしれません。

かけがえのない人がクマに襲われて、生命を奪われれば、誰もが『凶悪なクマ』と呼び、銃で撃ち殺すことさえあります。ところが、一字違いのクルマが人を襲って殺しても、『事故だから仕方ない』の一言ですませてしまう。そんな世の中に、いつの間にか、なってしまいました。いとも簡単に人の生命を奪うことができる凶器に応分な負担をさせずに、『安くて便利』なものとして、私たちの社会は膨大な暴力装置を受け入れてしまいました。当然負担すべき社会的費用を払うことのない原発を、『安い電気を供給する』として受け入れてしまったように」

高田の言葉を聞いていた育子は、急に暗い表情になった。その変化に気づいた良明は、育子の前で決して口にしてはならないことを言ってしまったことを悔いた。まわりの者も二人の変化に気づいたようで、会話は弾まなくなる。食事が終わると、それぞれの部屋へ早々に引き揚げていった。

身を悶え　激しく抱きし　夢覚めて
わが手は肩を　強く抱きしむ

その夜、良明は久しぶりに、由紀と愛し合っている夢を見た。

「上毛野　安蘇の真麻群　かき抱き　寝れど飽かぬを　何どか吾がせむ」

万葉の歌をそのままに力いっぱい抱きしめ、いくら強く求めても、なお尽きることがない快楽の波が寄せ返していた。由紀の唇を激しく求め、抱きしめる手にはあらんかぎりの力をこめた。その瞬間、突然夢が醒めた。

良明は、由紀が死んでから、由紀以外の女性との交わりを考えたことはなかった。しかし、夢から醒めたとき、傍らに由紀のいない現実が、これからも変わることなくずっと続いていくことを改めて実感すると、身体の興奮を冷ます術もなく、身悶えする自分の肩を強く握りしめるのであった。そして、足尾の旅館でうつむいていたゆきが顔をあげたときに見せた、由紀にとても似た悲しそうな表情を思い浮かべていた。

禿げ山を　緑で覆ふ　夢かなへ
罪隠す罪に　いかに贖ふ

バンコクに戻って、そこで別れる通訳の斉藤を食事に誘うと、逆に彼から誘いを受けた。

「私は今夜、知人とパーティの予定があります。よろしければ、ご一緒しませんか？」

良明と育子と高田は、買春問題に取り組んでいるタイの女性弁護士の家を訪ねるという話に興味をもち、斎藤の誘いに応じた。四人で彼女のマンションを訪ねると、インドからの帰国途中にタイに立ち寄ったという二人の日本人の先客がいた。一人は自然農法を実践する福岡正信という仙人のような人物で、もう一人の若い女性は彼の通訳であった。仙人は言った。

「私はインド政府に頼まれ、野菜や木の種を交ぜた粘土団子を砂漠に播いてきました。粘土に包まれた種は、虫や鳥、そして乾燥からも守られて、じっと発芽の時機を待ちます。砂漠の環境に適応した種が発芽すると、地下深くに根を伸ばし、成長します。葉を茂らせるまでに成長した植物が、ある程度の面積を覆うようになると、今度は水蒸気が発生して雲を呼び、雨を降らせます。すると、砂漠に眠っていた種たちも芽を覚まし、だんだん緑が増えていくのです。そうして砂漠に緑を甦らせることが、私は自分の使命と思っています」

その話を聞いて、育子がすぐに反応した。

「御存知のことと思いますが、栃木県に足尾銅山が吐き出した亜硫酸ガスのために、草木が生えなくなってしまった禿げ山があります。その禿げ山にはいくら植林しても、雨が降るとすぐ流され、なかなか緑は甦りません。そんなところでも、その粘土団子を播けば緑は甦るのでしょうか？」

仙人は、わが意を得たりとばかりに答えた。

「粘土団子の一番いいところは、水や肥料をやらずに、固い痩せた土からも緑が甦ることです。海の中に生まれた生命は、岩だらけの地上に這い上がり、長い年月をかけて、この星を緑豊かな大地へと変えてきました。生命そのものである種には、奇跡の力が宿っています。その種を、先輩たちの死骸である土をまぶして創った粘土団子なら、人間が作り出した砂漠や禿げ山でも、いつかきっと甦らせるでしょう。まだまだ絶望することはありません。あなた方もぜひ緑を甦らせるために協力してください」

良明も、この話を興味深く聞いた。だが、緑が甦るよりも、はるかに速いスピードで、今なお禿げ山や砂漠が作り出されている人間の罪を糾弾するには、足尾の禿げ山を象徴として残したほうがよいような気がしていた。

高田は仙人と面識はなかったようだが、互いの人となりや実践していることがらについては熟知しているようで、農の営みについて楽しそうに意見を交わしていた。斉藤は、二人の会話をしばらくのあいだ通訳していたが、すっかり置き去りにされて寂しそうな顔をしている女性弁護士に気を遣い、話の方向を変えた。すると、言いたいことを貯め込んでいた彼女が英語でまくし立てた。

「どうして、日本人はタイの女性をお金で買うのですか？　絶対に止めさせてください」

突然の言葉に応えようもない良明たちが沈黙していると、斉藤がコメントを加えた。

「彼女は、日本人が頻繁に出入りしていた売春宿の火災で、閉じ込められていた女性たちが何人も焼死した事件に憤って、店主に重い罰が下るようにと奔走しています。調子のよいことを言われて日本に送り込まれたタイの女性たちが、売春を強要されていることにも、激しい怒りを覚えています。だから、私も含めて日本人に対しては、どうしても厳しい口調になるのです。どうかその事情をご理解してください」

良明たちは、日本人の買春行為をなじる彼女に何も言えず、口を閉ざさざるを得なかった。

幼子の　顔残しながら　揺らす身を
何に委ぬて　今日を過ごしぬ

バンコクでの二日目、メンバーは昼の時間を寺院やマーケットなどの観光に費やした。そして、夜になると、育子や田中に誘われるままに、男性二人、女性四人というメンバーで歓楽街に出かけた。良明が女性たちの少し前を北川と並んで歩いていると、次々と客引きに声をかけられた。

「見るだけ、一〇バーツ。一〇バーツ」

気のよさそうな客引きの男性に案内され、通りに面したビルの二階にある店に入った。狭い部屋の真ん中にはガラスで囲われた檻のようなものが設置され、その中には一五～一六歳にしか見えない五人の少女たちが一糸まとわぬ姿で立たされていた。そして、観客に裸体の隅々まで見せるように、怪しげに身体を揺り動かしていた。檻を囲むようにセットされた席には、ビールを飲みながら品定めをしている一〇人ほどの男たちが座っていた。三人が白人で、残りは日本人の団体客であった。

良明たちは、檻から少し離れたボックス席に案内された。席に着くまでの間、良明は少女たちの裸体を正視できなかったが、目を離すこともできなかった。そして、泥沼に咲く彼女たちを、あわれと思うよりも、ただ美しいと思った。だが、まだいたいけない少女たちがお金の力で弄ばれる光景だけは、想像したくなかった。そんなことを考えながら、運ばれてきたビールの栓を抜こうとしたとき、突然、田中が怒り出した。

「酷《ひど》い。あんな子どもを曝し者にして、男はあの子たちをお金で買うの。許せない。あの子たち、私の娘と同じくらいだから、まだ一五か一六でしょ！　ひどい！　あんまりだ！」

育子がなだめようとしたが、田中の怒りは収まらなかった。

「出る。見ていられない」

同じようにビールの栓を抜こうとしていたメンバーも、慌てて席を立った。

「一人、一〇〇バーツ」

店員の要求を聞いた田中は、さらに激高し、一方的に日本語でまくしたてた。

「あの男が一〇バーツと言ったから入ったの。入ってきただけなのに、その一〇倍も請求するなんて！　暴利だ！　警察を呼んで！」

他の女性メンバー三人も、英語でまくしたてた。どちらも理解できないでオロオロしていた店員たちも、やがて怒鳴り出した。数分間言い争った後に、ようやく半分の五〇バーツを払うことで、その場を収め、北川が言った。

「ともかく出ましょう」

外に出てからも、田中は涙を流しながら、怒りの声をあげ続けた。良明たちは、田中の怒りなどまったく意に返さない歓楽街の喧騒を眺めながら、彼女の様子を見守っていた。しばらくして、育子が提案した。

「何か食べて帰りましょう」

田中もその言葉に従い、偶然見つけた寿司屋に入った。中に入ると、客は皆タイの若い女性を連れた日本人男性であった。

「話には聞いていたけれど、実際に現場を見ると言葉もなくなってしまう」

田中は言った。

「ほんと。性を金で買うなんて寂しい男たちよね」

育子も、まわりに聞こえるくらい大きな声で言った。それからメンバーは寿司を口にしながら、男たちを非難する言葉を遠慮なく発し続けた。その声に、不快感を顕わにする男たちもいたが、大半の客は黙々と寿司を頬張って食欲を満たすと、早々に女性を連れて店を出ていった。その様子を見ていた北川は呟いた。

「彼女たちを覗きに来て、同情するだけで、お金を払うことのないわれわれよりも、ちゃんと金を払って自分を買ってくれる客のほうが、彼女たちにはありがたいのでしょうね……」

その言葉に対して、田中がまた興奮した。

「私は彼女たちに同情しているわけじゃない」

次に続ける言葉が出てこない田中は、それきり黙ってしまった。

静かに食事を終えて店を出ると、道路の反対側のビルにクリニックの看板が掲げられているのが目に留まった。看板の脇には「ＨＩＶ　ＴＥＳＴ」という文字が目を引くように描かれていた。

「あの娘たちも、エイズテストを受けているのかしら?」

「受けて陽性とわかったら、どうなるのだろう?」

「ここでもエイズは蔓延しているの?」

メンバーたちが発する言葉を聞きながら、良明は「エイズ」という言葉の響きを心の中に刻んでいた。


帰国当日の午前中、通訳やボランティアを確保できなかった良明たちは、男性五人でスラム街を訪れた。しかし、スラムに入って中の様子を覗き込んでいると、険しい目つきをした数人の男性から睨まれた。危険な雰囲気を感じた五人は、慌てて引き返した。

「他人の生活を覗き見るのは失礼だよね」

言い訳がましい声が聴こえた。その声を聴いて北川が言った。

「もともと俺たちは、この国の人びとの生活を覗き見るために来た。それを今さら失礼などと言うくらいなら、最初から来なければよかったんだ。この国の人たちの生活を覗き見て、何を感じ、誰に、どう伝えていくか。そして、自分たちの暮らしと引き合わせてどう考えるのか。俺たちがここに来た意味は、そこにあったはずじゃないだろうか」

良明は二学期の授業で、タイで見聞きしてきたことを話した。数人の生徒は面白そうに聞いていたが、相変わらず、大部分の生徒は受験に関係のない話は無視して、堂々と内職をしていた。しかし、なぜか良明は生徒たちが自分の話を聞いてくれているような気がしていた。

とんぼ舞ふ　夕暮れ時の　秋の田の
彼方に浮かぶ　故郷の山

高田の話を聞いてから有機農業に興味を抱き始めた良明は、K市から電車で一時間弱の距離にある小川町の有機農業者が開いている農場の見学会に参加した。そして、偶然その隣家に居住する経済人類学者・大沼裕《ひろし》の田んぼで、稲刈りの手伝いをする機会を得た。

良明にとって生まれて初めての経験であった。大沼のゼミの学生数人と一緒に、鎌で刈り取った稲を一定の束にして藁で縛り、長い物干し台に似たものを組み上げた稲架《はざ》にかける作業を繰り返した。単純に見える作業だが、刈り取ったばかりの稲の束は結構重く、しっかり縛れていないと抜け落ちてしまい、何度もやり直しを余儀なくされた。慣れない作業の結果はすぐに腰にでた。山のかなたに秋の陽がさしかかったころには、やっと稲の束を持ち上げるような状態になっていた。それでも、日が暮れる前にはすべての作業が終わった。心地よい疲労感と充実感を覚えながら、赤とんぼが舞い遊ぶ光景を、晩鐘の絵を見る気持ちで眺めていた。

「ご苦労様でした。お疲れになったでしょ」

畦道に腰をおろしていると、お茶を持った大沼が話しかけてきた。

「ええ。でも、とても楽しい経験をさせていただき、ありがとうございました。今まであまり感じたことはなかったのですが、作業を終えてから眺める夕暮れ時の田んぼの光景って、本当に美しいですね。涙が出るほど感動します。こんな素敵な光景の中に住んでいらっしゃる先生を、とても羨ましく思います」

「そうですね。この光景を見ながら暮らしたいと思って、私はわざわざ越してきました。ここで毎年繰り返される田んぼの営みを、私は本当に美しいと感激しています。でも、私がよく行くフィリピンのライステラスの光景も、また素晴らしいものですよ。稲刈りが終わったので、今年もしばらく棚田の村に出かけてきます」

嬉しそうに語る大沼に、良明は応えていた。

「大沼さんがそんなに素晴らしいとおっしゃる光景なら、私もぜひ見せていただきたいですね」

「それじゃ、冬休みにいらっしゃいませんか？　途中まで来ていただければ案内しますから」

たった一日農作業を手伝っただけの者に、棚田への同行を熱心に勧める大沼の人懐こい笑顔に引き込まれ、良明は冬休みにフィリピンに行くことを決めた。

そのことを育子に話すと、足尾以来少しずつ積極的になっている良明の変貌に驚嘆しながらも、嬉しそうに背中を押した。

魅せられし　棚田を見せる　ためだけに
時を惜しまぬ　人の不思議さ

冬休みに入るとすぐに良明は、フィールドワークの地で一カ月あまりを過ごしている大沼を追った。マニラに一泊して早朝の国内線に乗り、ルソン島の北部にある避暑地バギオへと飛んだ。空港には、大沼が迎えに来てくれていた。そこから二人は、狭いデコボコ道を、よく動いていると感心するくらい古びたバスに乗って、気持ちが悪くなるほど揺られ続けた。棚田の麓にあるボントックという町に着くまでは約七時間。大沼は棚田についてさまざまな情報を提供し、それ以外の時間は激しく揺れ動く車内で平然と本を読んでいた。

さらに三時間ほどの距離にあるマリコン村にたどり着くまでには夜となる。暗闇の中で棚田の畦道を歩くのは危険なので、その日はボントックに宿泊した。良明は、たった一日棚田を見るためだけに日本から出かけてきた自分を、相当に物好きなことをしていると思った。しかし、大沼は良明を迎えるために、バギオとボントックに宿泊し、二泊三日の行程で悪路を往復していた。たった一回農作業を手伝っただけで、何の益ももたらさないであろう者のために、時間と労力をかける底知れない大沼の人のよさに、不思議な魅力を感じていた。

「世の中にはこういう人がいるのか」

そして、そこまでして見せたいと思うほど、大沼は棚田の美しさに魅せられているのだろうと思った。


その日、ボントックの町で大沼の知人の家を訪ねると、お祭りのように大勢が集まって、豚を解体していた。初めて動物を屠殺する現場を間近に見て、良明は大きな衝撃を受けた。しかし、鋭い刃物一本で、手際よく豚を切り刻んでいく技法は、芸術的と言えるほどみごとだった。ただ、目の前で解体された肉を食べるように勧められたときは、さすがに抵抗を覚えた。しばらく躊躇した後に、思い切って肉片を口にすると、少し硬いものの、ジューシーな感じで、とても美味しかった。

生き物を殺し、生命を「いただきます」ということの意味を、少しだけわかった気がした。

二人を歓待する宴の席で、良明は村人から尋ねられた。

「お前はどんな宗教を信じているのか？」

「何も信じていない」

「それで、よく生きていけるな」

笑って聞き流していると、突然、聞かれた。

「日本はプルトニウムで爆弾を作るつもりなのか？」

質問の意味をすぐに理解できなかったが、ちょうど、日本の原発の使用済み燃料から抽出された一・一トンものプルトニウムが、あかつき丸という船に乗せられて、フランスから日本に向かっていることを思い出した。彼は、日本がプルトニウムに固執しているのは、それを使って核武装を企《たくら》んでいるからだと疑っていた。日本ではあまり大きな話題にならないプルトニウム輸送を、新聞も一日遅れで配送される情報過疎の山の中の人たちが話題にしていることに驚いていると、大沼は言った。

「アジア・太平洋戦争のとき、日本軍はフィリピンで五〇万人もの死者を出しましたが、フィリピン人を一〇〇万人も虐殺しました。『一〇〇万人の虐殺』という話が出ると、日本では必ず『その数字はオーバーだ。虐殺ではなく、通常の戦闘行為の結果だ』などと主張する者が現れます。

チャップリンは『一人を殺せば人殺しだが、一〇〇万人を殺せば英雄と呼ばれる』と言いました。でも、一〇〇万人を殺した者は、彼が属する国では英雄と呼ばれても、殺された側の国ではただの人殺しでしかありません。そして、一〇〇万人の被害者ではなく、たった一人の被害者であったとしても、虐殺が虐殺でなくなるわけではありません。武器を持って他人の家に侵入し、略奪を働いた者が、抵抗する人間を殺害すれば、それは明らかな強盗殺人です。『抵抗してきたから殺したのは正当防衛の範囲内だ』などという自己弁護が認められるなら、この世に強盗殺人という犯罪は存在しません。

強盗殺人鬼の日本人は、その罪をすぐに忘れてしまいました。でも、殺されたほうの恨みが簡単に消えることはありません。私が初めてフィリピンを訪れて『ヒロ　アンパガランコ　コ（私の名前はヒロです）』と自己紹介したときに、『ヒロという言葉でヒロヒトを連想する人もいる』と言われ、とても嫌なことを思い出したという顔をされたことがあります。彼らは日本の犯罪を忘れていないからこそ、核武装して、またフィリピンを襲ってくるのではないかと恐れているのです。

太平洋の激戦地ガダルカナル島は、人肉まで食べるほどの極限の飢餓状況にあったので『餓島』などと言われ、戦死者が五〇〇〇人であったのに対して、餓死者は一万五〇〇〇人にものぼったそうです。このフィリピンでも、食糧不足ために栄養失調に陥り、マラリアや赤痢、脚気《かっけ》や浮腫《ふしゅ》などのために戦病死した人を含めれば、八割の兵士が餓死したと言われています。その割合は、兵士の階級が上がっていくと、反比例するように下がっていったようですが」

良明は、戦争の実態は決して「玉砕」などと言う言葉で讃えられる華々しいものではないと再認識しながら、大沼の話を聞いていた。

「幼いころ、私は犬を飼っていたことがあります。犬を飼う前に、二人の兄と、自分たちの食べものを減らしても、ちゃんと育てると両親に約束しました。当時はペットフードなどありませんから、犬には人間の食べ残しを与えていました。でも、食べ盛りの私たちは、しだいに犬の餌として残しておくべき分まで食べるようになったのです。そのため、いつも空腹だった我が家の犬は、ある朝近所の鶏を襲って食べてしまいました。

その家から怒鳴り込まれた私の父親は怒って、私たちに犬を保健所に連れて行くように命じました。私たちは泣きながら犬を保健所の門に縛りつけ、遺棄しました。そのとき、尻尾を振っていつまでも悲しそうに吠えていた犬の鳴き声を、私は今でも忘れません。可愛い犬の分まで食べ漁り、結果的に犬を殺してしまった残酷な自分には、生き物を飼う資格はないと思い、それ以来動物を飼ったことはありません。

そんな話と比較したら怒られるかもしれませんが、飢えた我が家の犬が近所の鶏を襲ったように、片道分の燃料しか持たせずに出撃を命じた国の兵士は、食糧も『現地調達』と称して、略奪を繰り返しました。それに抵抗する人たちを躊躇なく殺し、強盗殺人を重ねました。昔から日本には『腹が減っては戦ができぬ』という諺があります。日本は、その最低の準備すら怠り、兵士に食糧の略奪を強い、それでも餓死させてしまうような状態に追い込みました。そんな国に『アジアの解放を掲げた聖戦』などできるはずはありません。略奪と虐殺を繰り返しながらも、結局餓死した人たちを、『英霊』などという言葉で讃えることは、日本という国の醜悪さを隠蔽する以外の何物でもありません。

彼らは、大君のために、海や山に屍をさらすためだけに掻き集められた、使い捨ての消耗品にすぎませんでした。私は、愛国心などという言葉を口にする人間に限って、愛民心のかけらもない、人間の生命を軽んじる者だと思っています。戦後も日本の残忍さを象徴する日の丸・君が代が、たいして糾弾されることもなく引き継がれている日本という国は、今も多くの民を平然と見捨てています。

そして、いつでも核兵器を作ることができる能力を確保しておくために、原子力発電所を動かしてはプルトニウムを確保し、宇宙開発の名のもとに、せっせとロケットを打ち上げています。そんな日本の為政者たちの核兵器への執着心は、いくら屁にさせられても極楽とんぼでいられる日本人には、想像ができないのかもしれません。でも、ここにいる人たちは、しっかりと見抜いています」

怒りを胸に秘めながら、大沼の目はとても悲しそうであった。

その夜、良明は大沼の知人の家に泊ったが、大沼は夜中に何度も懐中電灯を点け、思いついたことをメモしていた。そして、朝は早くから文庫本を読みふけっていた。

「本物の学者とは、こういう人のことを言うのだろうな」

改めて良明は驚嘆していた。

時を超え　幾たりの血と　汗と涙
共に伝ゆる　天に至る田

翌日の早朝、トラックで山の麓まで送ってもらってから、良明たちはひたすら山道を登った。汗を拭き、何度も水分を補いながら、一時間ほどきつい坂を登り詰めると、一三〇〇メートルくらいの高地にある平坦な中腹に出た。そこでボントックの街並みがよく見える場所を選び、一〇分ほどの休憩を取った。さらに、緩やかな上り坂を行くと、丘陵状の裸地が広がっていた。それから等高線に沿った平坦な道を進み、いったん谷を下って再び登り始めると、目の前に、どこまでつながっているのかわからないくらい雄大な棚田の光景が広がった。

まさに、耕して天に至る棚田であった。稲刈りは一一月に終わり、田植えが行われる二月に備えて、石垣で築かれている小さな田んぼのほとんどに水が張られていた。くねくねと曲がった畦道の緑と、石垣の灰色と、青い空の色をそのまま映した水面のコントラストのみごとさには、言葉を失った。どれほど多くの人が、どれほどの長い年月と労力を費やして、築きあげたのか。驚嘆のため息をつくばかりであった。長い道のりを歩んできた疲れが、一瞬にして癒されていった。

平均台を渡るようにして細い畦道を抜けると、ようやくマリコン村にたどり着いた。いくつかの人家がかたまっている中央部に入ると、多くの人が歓迎してくれるかのように集まってきた。そのなかで長老と思われる男性が口を開いた。

「お前は結婚しているのか?」

良明は、黙って首を小さく横に振った。

「それならこの娘と結婚して、子どもをつくれ」

一人の若い女性を指差して言った。良明が恥ずかしそうに笑っている女性と視線があって困っていると、大沼は笑いながら言った。

「この村では誰が来ても、同じことを言われます。お前を忘れないために、お前の子どもを残せという歓迎のつもりで言っているのですが」

　それから良明は、大沼が定宿のようにしている民家に荷物を置き、村のあちこちに案内された。大沼は六〇〇人ほどの村人すべてと顔見知りらしく、誰に会っても、親しそうな会話を交わした。水田に近い空地にまとまって作られている「アラン」と呼ばれる米蔵の前では、自動小銃を持った男が立っていた。良明は銃に一瞬恐怖心を覚えたが、男は笑って迎えた。

「ハイ、ヒロ」

　大沼も笑って答えてから、口を開いた。

「このあたりはゲリラが襲ってくることがあるので、村人が交替で米蔵を警備しています。ここには常時三年分から五年分の米が備蓄されています。日本では『新米のくせに』などと侮蔑的な物言いで使われるように、『新米』という言葉は差別用語です。それは米を備蓄しておくだけの経済力がないために、新米ができるとすぐに食べてしまう貧乏人を蔑んでいた時代の名残です。でも、今の日本は、新米を美味しいと言って珍重し、まずい古米、古古米の保管には無駄な金を使うなという国になり、米の備蓄を怠っています。それでいて、『飽食の時代』などと浮かれています。

　天明の飢饉では、餓死した我が子を食べることができない親が、他人の子どもと交換して食べたと伝えられているように、人類の歴史は飢えの歴史です。飽食の時代など、例外的に幸運なほんの一瞬のことでしかありません。だから、昔はどこでも、この村のように食糧を備蓄してきました。それを今も変わることなく続けている国と、すでに備蓄を止めてしまった国とでは、いったいどちらのほうが豊かなのでしょうね」

少し間をおいて、さらに続けた。

「老子は、文明の利器があってもそれを用いる場所がなく、過剰な知識や欲もなく、衣食住すべてについて現状に満足することで、他の地域に行きたいとは思わなくなるような『小国寡民』こそ、理想の国家としました。私も、経済成長至上主義を見直し、自立した地域の中で、より少なく働き、より少なく消費する、自給自足の生活を送ることこそ理想ではないかと思っています。

現代の日本は、小国寡民の対極です。グローバル化を讃え、より高度な知識や所得、効率性を追い求めて都市に集中し、車や高速鉄道、ＩＴ機器などの文明の利器を駆使した生活を送っています。そして、現状維持やマイナス成長は、人間にとって退行であると思い込んでいます。でも、知識や富、ＧＤＰが増加し、技術がどんなに進歩しても、必ずしも人間が幸せになれるわけではありません。むしろ、常に進歩や成長、効率ばかりを求め続ける社会では、人間は疲れやストレスに耐えきれなくなり、過労死や過労自殺に追い込まれる過酷な労働条件さえ強いられています。何より、人間が生存できないような過酷な地球環境にしてしまいました。

バナナやエビやコーヒーばかりを作っている発展途上国では、すでにグローバル化によって環境や生活が猛スピードで破壊されています。自然のリズムに合わせ、万事に手間ひまをかけて物事を深く追求し、『保存・再生』に重点をおく、『足るを知るものこそ富む』という生活を送っていれば、グローバルな暴力的な社会に巻き込まれることもなかったのですが……。

とはいえ、この山の中での農作業はすべて人の手で行われており、妊婦も出産ぎりぎりまで田んぼに入って働いています。実際、田んぼで子どもを生んだ女性までいます。一〇〇〇年以上も前から、そんな厳しい労働の末に、この美しい棚田の光景はつくられ、引き継がれてきました。私は、これこそが人類が残したもっとも素晴らしい遺産だと思っています。宇宙からも万里の長城は見えるそうですが、その長城を作っている石の数よりも、日本の棚田に使われている石の数のほうが多いと言われています。日本でも、私たちの先人は素晴らしい財産を残してくれました。でも、平地の田んぼより二倍以上の労力を要しても収穫は半分以下という棚田での作業は高齢者にはきつく、今はどんどん放棄されています。

ところで、山上さんは杉原千畝《ちうね》という人を知っていますか?」

突然の質問に驚きながら、良明は答えた。

「第二次世界大戦中リトアニアに赴任していた外交官で、ナチスに追われて亡命するユダヤ人にビザを発行し続け、多くの生命を救ったため、日本のシンドラーとも言われている人ですか?」

「はい。税務署の職員だった彼の父親の赴任した岐阜には、千枚田や棚田を意味する『千畝』という地名もあり、彼の名前は棚田にあやかってつけられたようです。名も数も知れない人たちが、千年の時を超えて小さな畝を築きあげ、人びとの生命を支え続けてきた棚田を後世に伝えていく人間になれと願って、命名されたようです。名は体を表すと言います。彼はその名にこめられたとおり、国家の訓命に反しても、人の生命を救うため、最善の努力を黙々と続ける人間になったのでしょう」

良明は大沼の言葉を耳にしながら、改めて目の前に広がる棚田の光景に目を奪われていた。

その夜、ろうそくのわずかな明かりのもとで、良明の歓迎会が行われた。棚田で穫れた米が山のように盛られ、豚肉が食卓を飾り、自家製の濁り酒も振る舞われた。濁り酒の中に虫のようなものが入っているのを見たときには、たじろいだ。それでも、貴重な酒でもてなす人たちの心根を思った。

「まあ、アルコールで消毒されているからいいか」

日本のお酒に慣れている良明には、あまり美味しいとは思えなかったが、身体がとても暖かくなった。熱帯の国とはいえ一四〇〇メートルの高地の夜は寒く、いつの間にか、成田を飛び立つまで着ていたセーターとジャンバーを着こみ、そのままの姿で板張りの部屋で眠った。

翌朝、排便は豚小屋ですませるように言われ、良明は尻を豚小屋に向けた。すると、何頭もの豚が尻の下に集まり、食事を催促するようにブーブーと騒ぎだした。さすがに落ち着かず、排便をあきらめかけたが、腰を浮かしながらどうにかすませた。人間の排便や米糠などを食べて育った豚を人間が食べ、豚の排便を堆肥にして田んぼに戻す。棚田の村の究極の循環システムには、ただ驚嘆するばかりであった。昨夜口にした豚も同様の方法で育てられたのだろうと思い返し、今さらながらのカルチャーショックを受けた。

幼子の　片言発す　声を聴き
わが子に重ね　涙にほほ寄す

朝食後に村内を散歩した。すると、数人の子どもたちと痩せた犬が取り囲むように集まってきた。良明が恥ずかしそうにしている子どもたちに、日本から持ってきた飴を配ると、皆嬉しそうに受け取った。五歳くらいの少年は、大沼からもらったという小さなスーパーボールを自慢そうに良明に見せ、何度も弾ませて遊んだ。ボールが草むらに入ると子どもたちは駆け寄り、懸命に捜してまわったが、なかなか見つからず、少年は今にも泣き出しそうな顔になった。良明が探しあてて渡すと、本当に嬉しそうな笑みを浮かべた。

それから少年と手をつないで歩くと、いつのまにか、反対の手には二歳くらいの女の子がつながってきた。立ち止まって良明が身をかがめ、少女に挨拶をすると、無邪気に笑い、意味のわからない単語を口にした。そのとき、「パパ」と甘えるように呼びかけていた響子の声が、突然聞こえたような気がした。

良明は両手で少女の肩をつかむと、次の瞬間思わず抱きしめていた。さらに、土で汚れている彼女の顔にほほを寄せ、熱くなった目頭をそっと抑えていた……。

手を振る小さな恋人たちに送られ、昨日歩いてきたライステラスの畦道をたどりながら、良明は思った。

「一面が緑の稲で覆われている季節や、米がたわわに実っている収穫の時期にもここを訪れて、またあの子に会いたい」

二人が、ボントックに戻ると、すっかり日は暮れていた。そこでまた一泊し、翌日の早朝バギオに向かうバスに乗った。車中で大沼は相変わらず本を読んでいたが、三時間ほどすると、バスがパンクして止まってしまった。しかたなく乗客は、砂ぼこりが巻き上がる道路に降りて、古いタイヤを同じように古いタイヤに取り替える作業を見守っていた。

「ひどいタイヤですね。あれで大丈夫なのでしょうかね?」

不安に思った良明が尋ねると、大沼はこともなげに言った。

「先月この先の崖からバスが転落しました。この道で、このバスですから、何があるかわかりませんが、まあ何とかなるでしょう」

修理が終わると、運転手は何も言わずにバスを発車させた。昼を少し回ったころ、ようやくバギオに着いた。首都のマニラ行きバスに乗り替える前に、座っても上半身が見えてしまう公衆便所で用を足した。

「ここでは、よくトイレで強盗事件が発生します。その点、外から用を足している人の姿がよく見えるトイレは安全なんですよ」

大沼はまたこともなげに言った。

吹き荒ぶ　灰の嵐に　立たずみて
物乞ふ人に　明日の我見ゆ

マニラまで行くバスは、バギオまでのデコボコ道を走ってきたバスよりも、はるかに新しく大きく、道路は舗装され、揺れ方も少なく、快適だった。しかし、二時間ほどすると、突然バスの前に砂漠の光景が現れた。

一面を白い灰が覆い尽くしている。見渡すかぎり何もない光景の中にバスは入っていった。風にあおられた灰が舞い、霧の中のように視界がきかないので、バスがライトを点けながら進んでいく。すると、数えきれないほどの人たちが、車が行き交う道路沿いに立ち並び、もの乞いをしていた。いったいどこに迷い込んだのかと良明が不安に思っていると、大沼が解説した。

「このあたりが、二〇世紀最大といわれる大噴火を起こしたピナツボ火山の麓です。噴火する前ピナツボは一七四五メートルありましたが、噴火後は一四八六メートルと、二六〇メートルも低くなってしまいました。このあたりは噴火前、フィリピン有数の穀倉地帯でしたが、いまでは灰の砂漠です。付近に住んでいた人たちは物乞いをするしか、生きる術がなくなってしまいました。

日本でも約九万年前、阿蘇山が大爆発したときには、火砕流が九州の半分を覆い、関門海峡を越えて山口県の宇部あたりにまで達し、灰は北海道にも積もったといいます。世界の一割近く、一一〇もの活火山が存在する日本では、こうした大噴火は何度も繰り返されてきたことでしょう。火砕流の速さは津波のように凄まじいですから、鳥のように飛んで逃げることのできない生き物はすべて、ポンペイの人びとと同様に呑み込まれたのではないでしょうか。もしかしたら、『虫の知らせ』という言葉があるように、今の私たちが失ってしまった自然の脅威を事前に予知する能力を発揮して、生き延びた生き物も少なくなかったのかもしれませんが……。

言うまでもなく、火山の活動は地球内部の熱の噴出によるものですが、地震もまた、地球の核に蓄えられた六〇〇〇度もの膨大な熱が引き起こしています。地球の内部に蓄積された熱は、鍋の底で暖められたお湯が対流して上昇していくように、マントルの対流現象を引き起こして上昇し、十数枚に分かれているプレートを動かします。この厚さ七〇キロから一五〇キロほどあるプレートの移動に伴って生じた歪みが、地下の岩盤を破壊して、地震を発生させます。マグニチュード六以上の大きな地震の二割が日本列島付近で起きているのは、日本が四枚のプレートが重なり合う、歪みが蓄積するところに位置しているからです。

もし地球の内部に膨大な熱が蓄えられていなければ、地震や津波、火山の噴火は起きないでしょう。けれど、メルトダウンを起こした核燃料が地中深くに溶け落ちていくチャイナ・シンドロームのように、崩壊熱を発しているウランやトリウムなどが地球内部まで侵攻していなければ、地上に生命は誕生することもなかったはずです。

地球はまた、何度も小惑星との衝突を繰り返し、その衝撃によって発生した膨大な熱を中心部に落下させながら、しだいに大きな星になっていったようです。そんな衝突がなく、地球がもっと小さな星であれば、きっと水や大気をつなぎとめておくだけの引力もなかったでしょう。地球の引力がもっと弱かったら、公転軌道も太陽からの距離も今とは大きく異なり、生物が誕生できる環境にはなっていなかったでしょう。

地球が内部に熱の塊を蓄えていなければ、地震や津波の恐怖に脅える人間は、そもそも存在しなかったのです。この星に奇跡的に誕生した私たちは、今も激しく揺れ動いている地球の上でしか生きていくことはできません。その地球が、ときとして見せつける凄まじいエネルギーの前には、人間はあまりにも無力です。だから、人間は自然に畏敬の念を抱き、祈り、宗教をもつようになったのでしょう。現在は、人間が神にとって代わる科学という宗教を抱き、自然を思うままに支配しようと思い上がり、地震の巣の上に原子力発電所を建てるという、自殺行為に走るまでになってしまいましたが……。

人間には到底及ぶことのない大地の脅威を、今度は、いつ、どこで、どんな形で見せつけられるのでしょうね」

良明は、荒涼たる砂漠の中に立ちすくむ物乞いの群れを目にして、マリコン村の人たちが何年分もの米を備蓄していることの意味を、改めて知らされた。そして、正岡子規の「悟りといふ事はいかなる場合にも平気で死ぬることかと思っていたのは間違ひで、いかなる場合にも平気で生きていることである」という言葉を思い出し、これまで人間は揺れ動く大地の上で、悟りの境地すら無縁のように、黙々と、ただ生き抜いてきたのだと思った。

賑やかな　光と音に　身を揺らし
ひさぐ小麦の　肌の輝き

マニラに着くと、時計は九時を回っていた。一本の煙草や花を売る小さな子どもたちの姿を目にしながら、二人は繁華街で食事をとった。そしてホテルまでの道を歩いている途中で、客引きの男に声をかけられた。

「シャチョウ、いい娘いるよ」

それを振り切って歩きながら、良明がタイでの経験を話すと大沼が提案した。

「せっかくですから、フィリピンのゴーゴークラブに入ってみますか」

激しい音楽が鳴り響く歓楽街のゴーゴークラブでは、一〇人くらいの女性がセパレーツの水着姿で踊っていた。そこでも、日本人と思われる一団や数人の白人たちが、彼女たちの踊りに目をやりながら、品定めをしていた。運ばれてきたサンミゲルビールを注いで、良明が自分のグラスと大沼のグラスを合わせると、大沼は言った。

「タイの女性に比べると、フィリピンの女性たちのほうが少し明るい気がしませんか?」

セパレーツの女性たちに目をやると、たしかにタイの歓楽街の雰囲気とはずいぶん違う気がした。

「フィリピン人のほとんどはクリスチャンで、彼女たちは懺悔すればすべての罪は許されるという感覚をもっています。そして、ふだんから教会に出入りしているので、出稼ぎのフィリピーナが日本で酷い目に遭うと、教会に逃げ込みます。彼女たちは英語が話せますから、自分の置かれている状況を十分に説明できるし、教会も逃げ込んできた女性たちを救おうと努力します。でも、タイの女性は、日本人と同じようにシャイで、英語を話せません。しかも、逃げ込む先にお寺を選びます。日本のお寺は、彼女たちが置かれている境遇を理解しようとせず、匿ってくれることもありません。だから、タイの女性たちはぎりぎりまで追い込まれ、殺人事件も起こしてしまいました」

良明は、入国と同時に数百万円もの借金を課せられ、売春を強要されていたタイの女性が、彼女たちを管理していた経営者を殺した事件が、茨城県の下館、東京の新小岩、千葉県の茂原などで繰り返されたことを思い出した。そして、バンコクで会った女性弁護士の興奮した顔を思い浮かべた。

「きっと今ごろ、彼女の怒りは頂点に達しているだろうな」

けたたましい騒音を気にする様子もなく、大沼はさらに続けた。

「見てきたような講釈をしますが、これまで地球は何度も巨大隕石と衝突して、灼熱の地獄になったことがあります。赤道直下の海の底まで凍りつくスーパー氷河期も何度もあり、ピナツボの噴火など比較にならないほどの大変動を体験してきました。そのたびに、生命の大半は滅びましたが、海底に潜み、地に潜り、巧みに生き伸びた生命もありました。そんなしたたかな生命があったからこそ、私たちが今生きています。私の生命は、生命が誕生して以来の四〇億年という、気の遠くなるような長い時間を引き継いで存在しています。

また、私たちの身体は、六〇兆個もの細胞で作られていて、一つの細胞にある遺伝子をつなげると二メートルほどの長さになります。長さ二メートルの遺伝子が六〇兆個もあると、その総延長は太陽系の直径にも匹敵します。私たち一人ひとりの人間は、時間的にも空間的にも深遠な宇宙的な存在だと驚嘆せざるを得ません。そんな深遠な存在を、遺伝子を、私たちは傷つけてはなりません。

絶滅の危機を巧みに生き残り、私たちにまで引き継がれてきた細胞は、生きる意志と死ぬ意志をもっているようです。胎児はどちらの性の生殖器の基も持っていますが、生命の基本形がメスですから、何もなければオスの生殖器の基は死んでしまいます。でも、ある時期に男性ホルモンのシャワーを浴びると、メスの生殖器の基が死に、オスの生殖器が作られていきます。細胞の生と死が性を作り、親とは違う個性をもった生命を生み出します。手も、最初はグローブのように大雑把に作られ、鳥の水かきのような部分が死滅して、しだいに形が整えられていきます。脳細胞も二歳くらいのとき多くが死滅する代わりに、神経細胞のネットワークが形成されていきます。

どの細胞も、どんな組織を構成する細胞になり得る情報と能力をもっているのに、細胞同士の関係性のなかで、『自分が死ぬべきだ』と考え、自ら死んでいく細胞もあります。死を選ぶ『アポトーシス』という細胞があるからこそ、生命は個体を形成していくことができます。そして、がん細胞のように死ぬべき細胞が、死ぬことを忘れて無限増殖を繰り返し、エイズのように死ぬべきではない細胞が死んでしまうと、個体は死への階段を足早に上ることになります。人間が、樹から葉が自然に落ちて、新芽に生きる場を譲っていく光景を見て心を揺り動かされるのは、細胞が自ら死んでいく意志に感謝と共鳴を覚えるからなのかもしれません」

静かな口調で話す大沼の言葉の一つひとつに、良明は言い知れない感動を覚えていた。

「人間の細胞には二三組の染色体があり、男性がXとYという異なる性染色体を一つずつ持っている以外は、すべて対をなしています。だから、一本の染色体にある遺伝子に傷があっても、対の遺伝子に同じ傷がなければ、その遺伝子に由来する障がいや病気は顕在化しません。でも、男性は、胎児を無理やり男性にさせる機能くらいしかないY染色体を持っているために、神経細胞のネットワーク構築や情報伝達機能、免疫機能など、生命の維持に欠かせない重要な遺伝子が含まれるX染色体の対を持っていません。どうしてもその分だけ、女性より生命力は弱いようです。

血友病患者のほとんどが男性なのは、一本のX染色体の欠損がそのまま発現するからです。胎児性の水俣病患者が圧倒的に女の子だったのも、X染色体を一本しか持っていない男の子は劣悪な環境に耐えて生まれてくるだけの生命力がなく、生まれる前に流れてしまったからでしょう。反対に、重い障がいをかかえても産声を上げることのできた女の子は、たくましい生命力と、生きるという強い意志をもっていたのでしょう。

男性は単にひ弱なだけではなく、生命の危機を感じる能力に欠け、環境の悪化に対しても無頓着です。チッソの工場で『牛馬の如く』働かされていた労働者と同様に、六価クロムの粉塵が舞っている工場で働いていた労働者は『鼻の中に穴が開いて、ようやく一人前！』などと言って、健康に気を配ることを『女々しい』と蔑んでいたところがありました。特攻隊の時代から、男たちには、死を恐れてはならないという意識が受け継がれています。いつのころからか、どこかに強い破滅願望をもち、死の衝動に突き動かされている気さえします。がん細胞のような存在になってしまった人間は、自分の存在をそろそろ消してしまうべきと考え、滅亡のための準備を始めているのかもしれません」

大沼の、細胞が生きる意志と死ぬ意志をもち、破滅に美学を感じる男たちが死の衝動に突き動かされているという話は、自殺を真剣に考えたことがある良明には、実感としてわかる気がした。そんな良明の表情を確かめると、大沼はバスの中で読んでいた本を持ち出しながら語った。

「この本の中に、『死の対極にあるものは生ではなく、性である』と書いてありました。『一つの細胞が次々と分裂して増えていく無性生殖の時代に、死はなかった。けれど、無性生殖によって無限に増えていく生命は、皆同じ遺伝形質しかもっていないから、環境が大きく変化すると絶滅する危険性がある。だから生命は、絶滅の危機を避けるために、親とは少し違う遺伝形質をもった子どもを生み出す方法として、性を編み出した。

性の交わりによって遺伝子がシャッフルされ、親とは異なる遺伝形質をもった生命が誕生する有性生殖によって、生物は激しい環境の変化を生き延び、進化の道をたどり始めた。しかし、個々の生命が永遠に死なず、無限に増え続けていけば、住むところも食べるものも奪い合う結果を招き、共倒れになる。

何よりも、齢を重ね、放射線や紫外線などによって遺伝子に大きなダメージを負った老体を、いつまでも生殖活動に参加させるようなことを許していたら、種を滅亡させる致命的な傷が引き継がれてしまう可能性もある。その危険性を避けるもっとも確実な方法は、老いた遺伝子をかかえる個体を、個体もろとも抹消することだ。だから、生殖行為を経て遺伝子を引き継ぐ役割を終了し、一定の年数を生きた個体を自動的に排除する死のシステムが遺伝子に組み込まれた。いや、性の営みによって生み出された個体に、死をもたらすシステムができたからこそ、これまで生命は存続できたのだろう』

多くの虫や魚たちは、受精して卵を産むと、まもなく力尽きて死んでいきます。生殖行為後すぐに死なずに、子育ての機会まで与えられている人間は、むしろ例外的な存在です。でも、その人間も性の営みの後に、『忘れじの行く末まではかたければ今日を限りの命ともがな』という歌を残しているように、死を意識します。絶頂の瞬間、『死ぬ』とか『逝く』とか『果てる』という言葉が連想されるのも、無意識のうちに生物としての自分の役割が終了したことを悟り、死を間近に感じているからではないでしょうか。そして、ともに生きる時が束の間であることを知っているからこそ、性の営みを共有する者を、互いを切ないほどに愛おしく思うのかもしれません。

そんな切ない性の営みを、お金で買おうとする人たちは、何よりも自分の死を直視することを恐れ、自分の遺伝子よりも、自分そのものが、がん細胞のように存続していくことを願い続けているような気もします。束の間の性の営みを交わすなかで、わずかでも切ない生命を愛おしむ心持ちを抱くことができればと私は思うのですが……」

大沼は、女性たちの踊る姿を一心に見つめている男性たちに、餓死して逝った日本兵のことを話していたときと同じ悲しげな目を向けていた。そして、残っていたビールを一気に開けると、微笑みながら言った。

「一年半前に、私にも孫ができました。孫と私を見比べて、よく『おじいちゃんによく似ている』と言われます。そんなとき『私にはあまり似ないほうがいいのに』と思いつつ、とても嬉しいと思います。そして、可愛い声で『じいちゃん』と呼ばれるたびに、私はいつ死んでもいいくらい幸せな喜びを覚えます。それは、『私の遺伝子を引き継いでくれる孫がいる。この子が生き続けてくれれば、たとえ私が死んでも、私はずっと生き続けていくことができる』と思えるからなのでしょう。その孫の顔を初めて見たとき、私は涙がこぼれてなりませんでした。ただ、その涙は決して嬉し涙ではありません。

かつて私たちの先人は、子どもたちに、美田という財産を残しました。でも今は、親だけがぜいたく三昧の生活を送って、環境を破壊し、核廃棄物や天文学的な借金など、子どもたちが到底背負いきれない負の遺産ばかりを残しています。そのために、子どもたち、孫たちの未来がどんなに危ういものになるのかと考えると、私は借金を背負うために生まれてきたような孫が、あわれに思えてなりませんでした。

もちろん、かく言う私も、子孫の未来を危うくする犯罪に対して、まったく責任がないわけではありません。だから、子孫へのツケを少しでも軽くしていかなければ死ねないと思います。私たちが残したツケで、子どもたち、孫たちが絶望的な苦しみに曝されたら、それこそ死んでも死にきれません。だからもう少し、負の遺産の清算に努めてから、そっと逝きたいと思っています」

良明は、大沼の話を聞きながら、昨日の棚田の光景を思い出していた。小さな女の子を抱いたときの感触を思い返していた。すると、生まれたばかりの響子を抱いたときの感覚が甦り、そのすぐ側で幸せそうに笑っていた由紀の顔が浮かんできた。響子の泣き声が、笑う声が、自分を呼ぶ声が甦ってきた。

良明はしだいにたまらなくなって、心の中で叫んだ。

「由紀。響子……」

第三章

琥珀色の刻《とき》

傷つきし　人に石もて　傷つくる
他人《ひと》の痛みに　覚ゆ悦び

タイとフィリピンの歓楽街を見てから良明は、日本に出稼ぎに来ている外国人女性たちの置かれている状況と、彼女たちの間に広まりつつあるエイズについて、心を痛めるようになっていった。チェルノブイリ原発が事故を起こした一九八六年、長野県松本市に出稼ぎに来ていたフィリピン女性の、ＨＩＶウィルスへの感染が確認されていた。そのときはすぐに女性の顔写真が実名入りで報道され、彼女が働いていた店や客となった男性を特定しようとする、興味本位な動きが起きた。客であったと噂された男性が「村八分のような扱いを受けている」という報道もあった。

それ以来、松本に住んでいる外国人女性は、銭湯やスーパー、レストランなどに入ることも断られた。松本市民というだけで宿泊を断られる事例も発生し、松本ナンバーの車が走っていると、逃げ出す人がいたなどとも報じられた。マスコミは、パニックの様子を報じながら、さらに騒動を過熱させるように煽り続け、多くの市民はみごとにその扇動に踊った。

その翌年の一月には厚生省が、神戸市内の風俗店で働いていた女性を「日本人女性のエイズ患者第一号」として発表すると、神戸市の保健所には男性からの問い合わせが殺到し、新聞やテレビのワイドショーも大々的に報道した。そして、その女性が亡くなると、マスコミは大挙して神戸に押し寄せ、実名や顔写真を掲載し、病院や歓楽街に出向き、女性と親しかった男性や客を探しまわった。葬儀にも押し寄せ、「死に至る病」「現代の黒死病」として、エイズの恐怖を煽る報道を繰り返した。歓楽街で働く女性や同性愛者は、死の恐怖に慄《おのの》きながら、差別を恐れて息を潜めた。

しかし、マスコミの執拗なエイズ探しは止まるところを知らない。厚生省が翌二月、「高知県の出産間近の女性がＨＩＶウィルスに感染した。感染させたのは、女性が結婚前に交際していた血友病患者である」と公表すると、その女性の周辺にも群がり、「子どもは生むべきではない」という論評を展開した。そして、いつしか「血友病＝エイズ」という図式がつくりあげられていった。

事実、血友病というだけで解雇されたり、就職や入学、入園を拒否される事例が多発した。血友病患者は、学校・職場・地域などあらゆるところで仲間はずれやいじめにあい、偏見による嫌がらせから、転居を余儀なくされた患者やその家族も少なくなかった。それは、関東大震災の直後に、流言蜚語によってパニックに陥った被災者たちが、朝鮮の人たちを次々と惨殺したときを彷彿させる、凄まじさを示していた。

エイズを発症させるＨＩＶウィルスは、精液・膣分泌液・血液・母乳をとおしてのみ感染する。当初は、アフリカの野生のサルに宿っていたウィルスを、アメリカ軍が「細菌兵器として用いるために改造した」と噂されたこともあった。「アメリカは、このウィルスを男性の受刑者に実験台として投与したために、受刑者に多い同性愛者から広まっていった」などという推論が、まことしやかにささやかれたこともある。実際アメリカはそれまでも、減刑を餌にして、受刑者を毒物・薬剤の投与実験に頻繁に使っていた。たしかに、コロンブスがアメリカ大陸から持ち帰った梅毒が、交通機関の発達していない時代にも瞬く間に広まったように、性行為を介して感染する致死性の高い病気を発症させるウィルスは、細菌兵器としては有望と考えられた。

ただ、ＨＩＶウィルスは感染力がきわめて弱く、感染者とキスしたくらいでうつることはない。感染者と性交渉をしても、感染する確率は一〇〇分の一程度で、「ＨＩＶウィルスが細菌兵器だとしたら、みごとな失敗作」という酷評を受けていた。だが、嘘で塗り固められた大本営発表でも、何度も繰り返されると多くの人が信じたように、多くの市民の脳裏に「エイズへの恐怖心」は、確実に焼き付けられる。そのため多くの人は、エイズ患者・ＨＩＶウィルス感染者に対して、冷静な対応をできなくなっていた。

外国でのＨＩＶ感染者・エイズ患者の大半は、男性の同性愛者や薬物乱用者、異性間接触による感染者である。それに対して日本では、七割が血友病の患者であった。

遺伝的に血液凝固因子が欠けているために、出血すると血が止まらなくなる血友病患者の治療は、かつては輸血に頼っていた。それが、一九七二年に血液を凝固させる因子だけを取り出したクリオプレシピテートが開発されると、純度が高くて少量の注射ですみ、患者の負担が軽減されるクリオ製剤が用いられるようになる。クリオは国内の少人数の血液から作られるため、提供者の病歴チェックも容易で、安全性も高かったが、大量生産はできなかった。そのため、七八年に濃縮製剤が開発されると、とって代わられた。

おもにアメリカで作られた濃縮製剤は、大量の凝固因子を取り出すために、一万人分もの血液を一つに集めて精製された。その血漿供給者のなかに、HIVウィルスの感染者がいたために、製剤が汚染された。血友病患者は、汚染された血液製剤を投与されたためにHIVウィルスに感染させられた、薬害の被害者である。にもかかわらず、いつの間にか病原菌を撒き散らす黴《ばい》菌のような扱いを受け、周囲から冷たい視線を浴びせられた。

免疫力を失い、日和見感染と人びとの無知・無関心に苦しめられた多くの血友病患者は、無念の思いを抱きながら、ひっそりと死んでいった。そうしたなかで、一九八九年五月に大阪で、一〇月には東京で、「このままでは死ねない」と思った人たちが、製薬会社と非加熱製剤を承認した厚生省に対して、損害賠償を求める民事訴訟を提訴する。

あるとき良明は、「HIVウィルスに感染していると告知されていなかったために、妻にウィルスを感染させ、その妻が先にエイズを発症して死亡させた血友病患者が、法廷で証言する」という新聞記事を目にした。自分が感染させられたウィルスのために、妻に先立たれた被害者の証言を、どうしても聞きたいと思い、休暇を取って東京地方裁判所に出かけた。

何故に　壁に隠れて　語りせむ
先逝く人への　悔悟の涙

一九九四年二月、重苦しい雰囲気が漂う法廷の傍聴席で開廷までの時間を本に目を通しながら過ごしていた良明は、息を切らして法廷に入ってきた女性から聞かれた。

「お隣の席、空いていますか?」

「ええ」

「すみません」

女性が良明の前を通って席に着くと、間もなく開廷された。

原告の一人である感染者は、「裁判史上初めて」という巨大な衝立の陰に身を隠しながら、涙ながらに証言を始めた。

「医師に非加熱製剤への不安をいくら訴えても、『心配はいらない』という言葉を繰り返すだけでした。HIVウィルスが感染する危険性のない国産のクリオの再使用を訴えても、取り合ってもらえませんでした。しかも、その医師は密かにHIV検査を行っていて、感染の事実を知っていたにもかかわらず、非加熱製剤を使い続け、エイズの発生予防もしなければ、告知も怠ったのです。そのため、妻にHIVを感染させ、彼女は先にエイズを発症して、亡くなってしまいました。病弱な自分のために、彼女に苦労ばかりかけてきました。私は死の恐怖に脅えながら、妻にウィルスを感染させた自分を責め続けています……」

法廷のあちこちから、すすり泣く声が聞こえてきた。良明もあふれてくる涙を抑えられずに、手の甲でそっと涙を拭った。声をかみ殺すように泣いていた隣の席の女性に目を向けると、彼女は小さな肩を震わせ、膝の上に大粒の涙を落としていた。その涙を拭こうともせずに、被告席に向かって鋭い視線を浴びせていた。その悲しみに満ちた横顔を見たとき、良明は由紀が隣に座っているような錯覚に陥った。しかし、彼女は由紀ではなく、二年前に足尾で出会った、ゆきであった。

涙して　震える肩に　寄り添ひて
夢再び　赤々と燃ゆ

公判が終わると、良明は座ったまま動こうとはしない隣の席の女性に声をかけた。

「失礼ですが、藤田ゆきさんではありませんか?」

「はい。山上さんでしたよね。お久しぶりです。でも、あなたがどうしてここに?」

あまり驚いた表情を見せることもなく、ゆきは言葉を返した。

「よく私のことを覚えていてくださいましたね。あれからもう二年近く経っているのに」

「そうですね。あれからもう二年になるのですね……」

偶然の出会いに驚いていた良明は、誘いの言葉をかけた。

「よろしかったら、どこかでお話しできませんか?」

ゆきは涙を拭いて、微笑んだ。

二人は裁判所を出ると日比谷公園に向かい、冷たい北風に噴水の水が吹き飛ばされている光景を横目に見ながら、園内の喫茶店に入った。

「足尾でもお話しましたが、私の妻と娘は三年ほど前に横断歩道を渡っていたとき、暴走してきた車にはねられて死亡しました。私は、二人を同時に失ったショックでしばらくは何も考えられなかったのですが、妻たちを跳ね飛ばした運転手が『ブレーキとアクセルを踏み間違えた』と言っていると警察官から聞かされたとき、ハッとしました。私も、ブレーキとアクセルを踏み間違えて、車を急発進させたことがあったからです。

幸い、私は車を大破させただけで、怪我はなく、誰も傷つけませんでした。でも、冷静に考えてみると、自分がブレーキとアクセルを踏み間違えるようなことをしたとは、どうしても思えませんでした。車のほうが勝手に誤作動して、暴走した気がしてならなかったのです。妻たちが殺されたとき、私はそのことは忘れていて、妻たちを跳ね飛ばした運転手を殺したいと思うほど憎みました。彼はその後、死亡事故を起こしたために収監され、職を失い、離婚までされたため、絶望のあまり自殺してしまいます。そのことを聞いたとき、私は瞬間『天罰だ！』と思いました。

でも、それからまもなく、彼の奥さんだった人が、受け取った保険金を持って私を訪ねてきました。そのとき、彼女が手を引いていた私の娘と同じ年頃のお子さんは、『お父さんを殺したのはお前だ！』と言っているように冷たい眼をしていました。人を恨むことは新たな恨みをまた呼んでしまうと、そのとき実感しました。

そのときから私は恨みの矛先を、運転手にではなく、車の欠陥や車の存在そのものに向けるようになりました。調べてみると、ブレーキとアクセルを踏み間違えて車を急発進させる事故は、毎年何件も起こっていました。その急発進が、たとえ車の欠陥によるものではなかったとしても、必ず間違いを犯す人間が、頻繁に操作を誤るような構造の車を流通させること自体、許されるべきではないと思いました。

そんな思いを警察で話し、自動車メーカーを訴えたいと言うと、『あなたはそんなにお金が欲しいのですか？』と言われました。最初、彼らが何を言っているのかわからなかったのですが、運転手が死んでお金を取れなくなったから、事故の原因が車の欠陥にあるとしてメーカーを訴えることにしたと、思われたようです。そこで、知り合いの弁護士に相談すると、こう言われました。

『自動車メーカーを訴える場合、訴えたほうが車に欠陥があることを証明しなければなりませんから大変ですよ。何しろ、自動車は日本の基幹産業です。場合によっては、国家そのものを敵にまわすことになるかもしれません。県立高校の先生に、そこまでのことができますか？　簡単な気持ちで訴訟を起こしたら、あなたはすべてを失うかもしれませんよ』

彼女は反骨心の強い弁護士で、私にとことん付き合ってもいいという気持ちだったようです。ただ、車の欠陥を訴える裁判にかかわり、『国賊』呼ばわりされたこともあったようです。だから、製造物責任法も情報公開法もない日本で、自動車メーカーを相手にして、公務員が訴訟を起こすとどんなリスクがあるのか、十分説明しておかなければならないと考えたのでしょう。

私はかつて、人の罪を糾弾する検察官になりたいと思っていたことがあります。でも、情けないことに、そのときの私には、自動車メーカーを糾弾し、国家を相手にケンカを売るような気力はありませんでした。たとえ、あらゆるものを犠牲にして訴訟に勝ったとしても、得られるものは結局お金だけで、妻や娘が帰ってくることはないという現実に打ちのめされていたからです。

何より、『そこのけ、そこのけ、車が通る！』とばかりに平然と人間を蹴散らす車社会のあり方に、断固異議を申し立てるほどの強い気持ちを、当時の私はもっていませんでした。自動車メーカーを相手に訴訟を起こすよりも、『便利だからと危険極まりないものを平気で放置しておく社会は、その便利さに滅ぼされても仕方がない』という屈折した思いを抱き、安易に生きることを選びました。

この裁判の傍聴に来たのは、妻と子ども以上に大切なものはなかったはずなのに、二人を奪われた憤りをそのまま露わにして、裁判を起こすことのできなかった自分の弱さを、もう一度見つめ直したいと思ったからなのかもしれません」

何度もうなずきながら、黙って良明の話を聞いていたゆきは、ゆっくり口を開いた。

「そうでしたか……。私が今日この裁判の傍聴に来たのは、私の両親も大きく影響しているかもしれません。私の両親は、熊本県の水俣で生まれました。水俣は駅前の一等地にチッソという会社の大きな工場が建っていて、ほとんどの市民が何らかの形でチッソにかかわりながら生活している、典型的な企業城下町です。

その城主のチッソは、アセトアルデヒドを生産するために触媒として使った水銀を、何の処理もしないで海に垂れ流しました。海に流せば、海水で薄められ、水銀が人に害を及ぼすことはないと考えたようです。でも、自然界でより有毒な有機水銀となり、プランクトンに吸収され、それを小さな魚が食べ、小さな魚を大きな魚が食べるという食物連鎖によって、水俣湾の大きな魚は海水の一〇万倍もの水銀を濃縮しました。その魚を毎日たくさん食べていた漁師たちに、奇病が多発しました。それが水俣病です。

水俣病が発生する前には、工場の近くの海によく魚が浮いていたと言います。船を泊めておくと、底についていた蛎殻がみんな死んで剥《は》がれてしまったとも言います。ですから、誰もが工場が毒を流しているだろうとは思っていました。しかし、病気に罹った貧しい漁師たちにとって、滋養のある食べものは魚しかありませんでした。

その一方で、学者たちは『水俣病は漁師が腐った魚を食べたことが原因だ』『旧日本軍が水俣湾に捨てた爆弾のせいだ』などと、いい加減なことばかりを言っていました。政府も、水俣病の原因がチッソの垂れ流した廃液のせいだとわかった後でさえ、工場の操業を停止させませんでした。『湾内のすべての魚が汚染されているわけではない』などと言って、漁獲も禁止しません。チッソは、それをいいことに、水銀回収の費用を惜しんで、ひたすら自分の利益だけを追求し、水銀を流し続けました。

悲惨な被害者のほとんどは貧しい漁師たちであったために、市民も患者に冷たい目を向け、患者の家族に物を売ってくれない店まであったそうです。患者が出た家の子どもは、他の親に『うつるから遊ぶな！』と言われていたと言います。私の父も、修学旅行で関西に行ったとき『水俣から来た』と言ったら、汚いものを見るような目を向けられたと話していました。父の同級生は、新聞に『水俣病という病名を変えてほしい』という投書までしたそうです。

私の両親が水俣を出たのも、自分たちの子どもが水俣で生まれたというだけで差別されるのではと恐れたからのようです。事実、東京生まれの私も、両親が水俣出身だと知られると、『水俣病』というあだ名をつけられて、虐《いじ》められたこともありました。最近、その父が手足のしびれを頻繁に訴えるようになりました。もしかしたら水俣病なのかもしれないと、私は恐れています。

私は、企業と役人と医者が一緒になって、血友病患者にＨＩＶウィルスを感染させた薬害エイズ事件は、水俣病の焼き直しだと思います。マスコミは、性病としてエイズを面白おかしく騒ぎ立てるばかりでした。一般の市民は、薬害のためエイズを発症し、痩せ細って死んでいく患者に、汚いものを見るような冷たい目を向けています。だから、この裁判でも、患者さんが悪いことをした人のように、衝立を立てて姿を隠し、名前の公表すらできない状態に追い込まれているのです。そんな患者さんたちに対する差別まで含めて、私にはとても他人事とは思えません。何より……」

言葉を選びながら淡々と話を続けてきたゆきが、突然声を詰まらせた後に語ろうとしたことにこそ、裁判を傍聴に来た本当の理由があるのだろうと良明は思った。しかし、まだそれを言葉にできない悲しげな表情を見て、それ以上の話は聞くべきではないとも思った。

繰り返す　過ちに泣く　人びとの
ほほにいつの日　笑みを戻せん

「一九五七年に西ドイツの製薬会社が睡眠薬として販売したサリドマイド剤を、大日本製薬は翌年から販売しましたが、アメリカでは食品医薬品局のケルシー女史が販売の許可を出しませんでした。六一年一一月にドイツのハンブルグ大学のレンツ博士が、『アザラシ状奇形』の原因がサリドマイド剤であると発表すると、ヨーロッパ各国も次々と販売を停止します。ところが、日本の厚生省は『有用な薬品を回収すれば社会不安を起こす』と、六二年五月に製薬各社が出荷停止を申し出るまで、何の対策も取りませんでした。出荷停止後も回収はされず、そのまま売られ続けました。

整腸剤のキノホルムには、三〇年も前から神経を害する副作用のあることが知られていました。でも、下半身がマヒして歩行困難になり、視力障害から全盲になる被害まであったスモン病は、一九五五年の出現当初から患者の数が一万人を超えた六〇年代まで、介護している家族に患者が出ていないのにもかかわらず、ウィルスによる感染症と考えられていました。そのため病苦ばかりでなく、差別にも苦しめられ、自殺した患者もたくさんいました。患者の尿からキノホルムが検出され、薬害であることが明らかにされたのは、六九年九月です。その一年後にキノホルムの販売が中止され、被害者が人権侵害の申し立てや補償を要求しましたが、国や製薬会社が因果関係と責任を認めて和解したのは、それから一〇年以上経ってからです。

マラリアの特効薬だったクロロキンは、一九五八年に世界中で日本だけが腎炎の薬として認め、吉富製薬が販売を開始しました。翌年にはクロロキン網膜症が報告されたにもかかわらず、『毒性が弱いので大量・長期投与に適する』という理由で、販売は継続されます。でも、六五年に網膜症の情報を得た厚生省の官僚は、自分だけは飲むのを止め、禁止の措置は取らず、七四年まで製造され続けました。六五年の時点で販売を中止していれば、被害の八割は防げたはずなのに。

しかも、大日本製薬がサリドマイド剤「イソミン」を申請した当時の厚生省の水野課長は山之内製薬に、次の喜谷課長は中外製薬に、サリドマイド事件でレンツ報告を無視して国内での販売を続行させた平瀬課長は藤沢薬品に、クロロキンが問題になる前に自分だけ服用を止めた豊田課長は東京医薬品工業協会の常務理事に、それぞれ天下りしています。

血友病の患者たちが、有害な不凍液の入ったワインをすぐに輸入禁止した厚生省に、『危険な非加熱血液製剤も輸入禁止にしてほしい』と要望すると、松村課長は『有害ワインは国民全体の問題だが、非加熱製剤の危険性は血友病患者だけの問題でしょ』と言って取り合わなかったそうです。いったい厚生省の役人は、何のために仕事をしているのでしょう。彼らは何のために生きているのでしょうか?」

良明が、最近読んだ本に書かれていた内容を口にすると、ゆきは一つひとつにうなずきながら、すぐ反応した。

「記憶力が抜群で、受験戦争を勝ち抜いてきた、優秀な人たちがそろっているはずの官僚は、何かというと『記憶にない』『忘れてしまった』などと言い訳をします。そして、本当に記憶力も想像力もまったくもっていないとしか思えないほど、何度も同じ過ちを繰り返しています。この国の役人は、貧しい漁民や血友病患者のような障がい者は、いえ、国民の健康など何も見えないのでしょう。お金や力のある人の声しか聞こえないのでしょう。

ＨＩＶウィルスが混入している血液製剤を売り続けたミドリ十字にも、何人もの官僚が天下りしていて、あの会社は『薬務局分室』とまで呼ばれているそうです。過去に官僚だった人たちは、安全な加熱製剤の販売についても、『全製薬会社の足並みがそろわないと患者が混乱する』などと主張する医者の意見を後ろ盾にして、加熱製剤への対応が遅れていたミドリ十字の不利益にならないように厚生省に働きかけました。東京女子医大の助教授時代の知人から血液製剤の危険性を伝えられていた生物製剤課長の郡司篤晃は当初、エイズ研究班で非加熱製剤の使用中止を決定しようと考えていたようです。でも、その思いを簡単に翻《ひるがえ》してしまいました。

そのために、加熱製剤の承認がアメリカより二年七カ月も遅れました。その間、ミドリ十字はしっかり『在庫整理』をして、被害を拡大させました。しかも、厚生省が加熱製剤の承認後も、非加熱製剤の回収を命じなかったことに乗じて、未熟児や老人の点滴にまで使用範囲を広げ、危険な薬を売りまくりました。厚生省は、国民の健康を守るための役所ではなく、金もうけのために、企業の利益を守るためだけに存在する犯罪組織です。それは、厚生省にだけ言えることではないのかもしれませんが……。

どんな薬にも必ずリスクはあります。だから、世界一薬好きな日本人は、誰もが薬害の被害者になる可能性があるでしょう。ところが、自分の頭の上に火の粉が降りかかってこないかぎり、多くの人は対岸の火事に無関心です。愛の反対の言葉は、憎しみではなく無関心だと言います。無関心は、憎しみよりも冷たいまなざしを被害者に浴びせてきました。こんな不条理を認めていたら、これから何度でも同じ過ちが繰り返され、いつの日か、この国の人たちは皆殺しにされてしまうのではないでしょうか。国家による犯罪の被害者がどんな惨い目に遭わされても、それを平然と見過す冷酷な人たちは、すでに人間としては滅んでいると言ったほうがよいのかもしれませんが」

激しい口調で言い放つ冷たい表情から、良明はゆきの怒りの強さを感じた。そして、生命を根源から否定する核が男の嫉妬から造られたという高田の話と、細胞が死の意志ももっているという大沼の話を重ね合わせて、口を開いた。

「私もそれほど遠くない時期に、この国の人たちは、この国によって滅ぼされてしまう気がします。でも、その破局は、官僚や政治家たちの判断が誤ったからではなく、彼らがその結果を望んだからこそ訪れるという気がします。北欧に、ねずみの一種であるレミングは数が増えすぎると『個体数を調節するために集団自殺する』という寓話があります。そんなことが本当にあるのかどうかは知りませんが、もしかしたら『人間は人口を調整するために戦争する』という説も、的はずれではないのかもしれません。

人間はどこかに、他人を虐《しいた》げることに快感を覚えるサディスティックな感覚をもっています。いえ、それ以上に、強い死の衝動を抱いているのかもしれません。そして、その衝動が『すべての人間を抹消することが、地球上に生命を存続させる唯一の方法である』という認識につながっているような気がします。もっとも腐敗している人たちは、自分が腐敗しているからこそ、滅びを予感しているのでしょう。だから、腐ったリンゴがまわりを巻き込んで滅んでいくように、笛を吹いて破滅への道連れを誘っている気がします。その破滅願望が、最初に貧しい人や弱い人を犠牲にしているのでしょう。この国の中枢にいる人たちの細胞が、強い死への衝動を抱いていると考えないかぎり、彼らの不合理極まりない行動は説明できません」

ゆきはその言葉にうなずきながらも、はっきりと答えた。

「人間は簡単なことですぐに死にたいと思い、破滅に逃げ道を求める弱い生き物なのかもしれません。横暴極まりないからこそ、破滅への願望を抱くのかもしれません。そんな横暴な人間が滅びるのは仕方ない、むしろ、少しでも早く滅んでしまえばいいと、以前は私も思っていました。でも、私は足尾で、人が滅んだ後の光景を見てしまいました。廃墟になる前に、その場所で愛し合い、子どもを生み育てた人たちがいた。毎日地の底で働く人が無事であるようにと祈り、無事に帰ってきたことを喜び、ときには悲しみにくれる。そんな慎ましやかに生きていた人たちがいたということを、私は想像してしまいました。滅びるということはそのすべてを消し去ることです。そして、必死に生きたいと訴える薬害エイズの患者さんたちの姿も私は目にしてしまいました。

それからだんだん、人の世が滅びることを願うのを止めようと考えるようになりました。腐りきった人たちが、自ら滅びていこうという破滅願望を抱くのは勝手です。でも、そんな人たちの道連れにされ、たくさんの人が無残に殺されたことを、私は許せません。だから、この裁判をしっかり見守っていこうと思っています。原告の人たちと一緒に闘っていきたいと思っています。でも、この裁判の場で、またあなたにお会いできるとは思っていませんでした。これからも傍聴にいらっしゃるのですか？」

良明は、強い怒りを語りながらも、ゆきのなかに何か穏やかなものが芽生えている気がした。

「私も、この裁判を見守っていきたいと思います。ただ、学校があるので、あまり傍聴には来られないと思います。あなたは？」

「私は、派遣社員としてコンピュータのプログラムを組む仕事をしています。比較的自由に時間が使えるので、できるかぎり裁判を傍聴するつもりです」

「そうですか。もしご迷惑でなかったら、ときどき裁判の様子を教えていただけませんか」

良明が自分の連絡先を伝えると、ゆきは快くそれに応えた。良明は、ゆきとまた会うことができることに、密かな喜びを感じていた。

毒食らひ　滅びし末を　願いしか
落ちゆく坂に　身を任せして

四月に入ると、輸入血液製剤によってＨＩＶウィルスに感染させられた血友病患者から、帝京大学副学長の安部英が刑事告発された。安部は、自他ともに認める血友病の権威で、一九八三年に発足した厚生省のエイズ研究班の班長にも就任していた。ただ、安部はすでに八二年一〇月ごろ、自分の血友病患者がエイズに罹患したことから、「患者に非加熱製剤を投与した自分は下手人である」という認識を口にしていた。一一月二三日の「東京ヘモフィリア友の会」第九回総会での講演でも、次のように述べている。

「血液製剤は外国から輸入するんですが、大変な問題が起こりそうなのです。アメリカから買う血漿のほとんどは売血で、売る人がどういう素性の人か、その人がどういう病気にかかっているかが、私にとって大変重大なんです。肝炎とか、何か重大な病気があるらしいことがわかりつつあるのでございます。やはり、日本人から採った血液で第八因子製剤を作ってもらいたいですね。家庭療法をやる必要な量だけ凝固因子を血液の中に入れておけば、出血が起こらないですむわけですから」

にもかかわらず、その翌年に発足した研究班で議論された、「国内の血液から作られるクリオ製剤に切り替えるべきだ」という意見に対しては、「治療の実態を知らない者の戯言だ」と反論して退けている。ＨＩＶウィルスを不活性化させる加熱製剤の治験に対しても、「各製薬会社が同じように進めていかないと、患者が動揺する」と、加熱製剤への対応が遅れていたミドリ十字に不利益にならないように動いた。安部はその見返りとして多額の資金をメーカーから供与され、周辺から

「しばしば一〇〜一五センチもある貯金通帳の束を眺めていた」という声が上がっていた。

三度目に会ったとき、ゆきはミドリ十字や医師に対する憤慨を露わにして語った。

「安部はミドリ十字を創設した内藤良一と親しかったようですが、内藤は旧満州で細菌兵器の開発のために人体実験を繰り返した七三一部隊の出身で、部隊長の石井四郎の片腕と呼ばれていたそうです。そして、部隊の研究成果を引き渡すことを条件に、自分たちの戦争犯罪を免除してもらうアメリカとの折衝を、一手に引き受けたようです。ミドリ十字は、そんな内藤の体質を、しっかりと受け継いできました。

一九八二年一〇月、アメリカにある子会社アルファ社の社長が、アメリカ防疫センターから、『エイズは恐ろしい病気だ。今何も手を打たなければ人殺しになる』という警告を受けたため、大阪の本社に『血液提供者の素性を確認するべきだ』と伝えると、『君は安全にこだわりすぎる』と無視しました。出向してきた日本人スタッフが、連日のように本社に警鐘を鳴らすテレックスを送ってきても、まったく気に留めませんでした。水俣病のときもそうでしたが、公害や薬害を引き起こした企業はいつも『当時の科学の水準では被害を予見できなかった』などと言って、責任の追及から逃れようとします。

でも、現場で働く者が自分の仕事の危険性にまったく気づかないということは、あり得ません。ミスする働いている人間は、いつも自分が間違いを犯すのではないかという不安を抱いています。

ときには、何となく嫌な予感がするものです。その不安や予感は、はっきりとした自信のあるときか、別な意思が働かないかぎり、拭い去ることはできません。

非加熱製剤を処方した医師たちは、ミドリ十字などに、何度も薬の安全性について問い合わせています。でも、『エイズの日本上陸、発生の可能性は皆無に近い』という安請け合いを、簡単に信じてしまいました。それは製薬会社の言葉をそのまま受け入れ、血友病患者に非加熱製剤を投与し続けたほうが都合がよかったからこそ、その言葉を信じたのではないでしょうか。

一九八三年三月、アメリカは危険な非加熱製剤から安全な加熱製剤に切り替え、各国も次々とそれに倣いました。その結果、売れ残った非加熱製剤は、最後まで輸入し続けた日本に格安な価格で流れ込んできます。その非加熱製剤を処方すればするほど、医師の懐にはそれまで以上に大きな薬価差益が入っていく仕組みになっていました。だから、危険を承知していたミドリ十字の強引な売り込みにも、医師はためらうこともなく、『大丈夫だ。安心しなさい。任せなさい。薬の危険よりも出血する危険のほうが大きい』などと言って、非加熱製剤を使い続けたのでしょう。

一方で、本人の承諾を得ることもなく、勝手に血液検査をして、感染させた事実を調べてもいました。にもかかわらず、患者に感染の告知をした医師は多くありません。なかには、感染者の血液に触れることを恐れて、労災で骨折した患者を手術せずに放置していた医師さえいます。そのことが国会の労働委員会で報告されたことを知った患者が、医師に事実の確認をすると、『実はそうだったんだよ』と平然と答えたといいます。

そんな医師たちにとって、非加熱製剤の標的とするのは五〇〇〇人程度の血友病患者だけでは不足だったようです。だから、一九八七年までに少なくとも全国の五四八の病院施設で、血友病患者以外の未熟児や手術後の止血剤にも、非加熱製剤を投与し続けました。そのためにエイズを発症して、亡くなった赤ちゃんまでいるそうです」

涙ながらに語るゆきの言葉に、良明も答えた。

「日本の製薬会社の研究開発費は諸外国に比べて少なく、新薬の開発数も外国に遅れを取っています。しかも、開発した新薬はすぐに販売できるわけではなく、開発費の回収も容易ではありません。だから、企業は新薬承認の諮問機関である中央薬事審議会との密着を強め、政治家への献金も怠りません。製薬会社からの政権与党に対する政治献金額が他の業種より群を抜いて大きいからこそ、一九八三年二月に非加熱製剤の自己注射が承認され、血友病患者自身によって大量の非加熱製剤が投与され、何度も繰り返しウィルスに感染させられてしまったのでしょう」

「そうですね。薬害エイズは、政治家と官僚と製薬会社と医師が結託した犯罪に、十分な情報を提供しないでパニックだけを煽ったマスコミが加担した、組織的な犯罪ですよね。そして、その犯罪者集団は、被害者が周囲から蔑まれたまま、ひっそりと死に絶えていくことをじっと待っているのでしょうね」

ゆきはさらに、公判で明らかになったことや、彼女が加わっている「エイズ訴訟を支える会」や本からの情報、彼女が直感的に感じたことなどを語り続けた。

沸きいずる　赤き想ひに　ときめきて
見つむる刻の　時止まれかし

ゆきは、東京・赤羽の団地で両親と二人の妹と暮らしていた。良明の住む町から一時間ほどの距離にあったので、二人は休日ばかりでなく、平日の仕事が終わってからも、たびたび会うようになった。二人は会うたびに裁判に関する深刻な話題を交わし、ときには互いに怒りに震え、思わず涙ぐむこともあった。しかし、心のなかはしだいに穏やかに、ときめく感情で満たされていった。

「初めて出会ったころの由紀は、こんな雰囲気だった」

「もし由紀に妹がいたら、きっとこんな娘なのだろうな」

良明は、ゆきと会うたびに、由紀のことを思い出していた。由紀との記憶を追い求めて、かつてのデートコースに、ゆきを誘うこともあった。調布の深大寺の参道を歩いたときには、初めて由紀と肩を組んで歩いたときのときめいた心を思い返した。横浜の外人墓地では、由紀と初めて手をつないで歩いたときの照れくささと、微笑む思いを甦らせていた。鎌倉のハイキングコースを歩いたときには、古寺の陰で初めて由紀を抱きしめたことを思い出して、甘美な喜びにふけっていた。

しかし、同時に、うしろめたい気持ちを抱いているからこそ由紀を思い出している自分にも気づいていた。追憶のために、ゆきを由紀に重ねているのではなく、心の中ではまったく別な、新鮮なときめきが芽生えていた。揺れ動く心の中で、少しずつ確実に、ゆきとの時間がかけがえのないものになっている自分に気づかないわけにはいかなかった。

ゆきもまた、良明に好意を抱いているようだった。デートの誘いにはいつも嬉しそうに応じ、会うたびに微笑みは優しくなっていくようにも感じられた。しかし、良明がどこかで由紀に対する想いに囚われているように、ゆきも心の中に絶ちがたい想いを秘めていることは十分に察せられた。そのことが、互いのすべてを受け入れられない、見えない壁のようなものになっていた。

自らを　頼りて生くる　意志あらば
我《わ》と彼《か》を分く　罪犯さざりしや

その年の夏休みの予定について話し合っているとき、育子はポーランドへの旅を提案した。

「学生時代、私がもっとも興味深く読んだ本は、エーリッヒ・フロムの『自由からの逃走』でした。職人の子どもは職人に、農民の子どもは農民になることが、生まれたときから決められている中世は、暗黒の時代のように思われています。その中世の封建的拘束から解放され、自分の意思で、自由に自分の人生を選びたいと願った人たちは、『我に自由を与えよ！　しからずんば死を与えよ！』とばかりに、壮絶な闘いに挑んでいきました。

でも、抑圧されている状況のもとで自由を勝ち取るという闘いは、ある意味、気が楽な面もあります。丸山眞男が、『自由は、日々自由であろうと努力することによってのみ得られる』と言ったように、自由はとても厳しいもので、弱い人間にはとても重いものなのかもしれません。フロムは、こう言います。

『中世の人間は孤独ではなかった。生まれたときから明確な固定した地位を持ち、人生の意味は疑う余地も、疑う必要もなかった。競争のない社会秩序の中で自分の役割を果たせば、安定感と帰属感も与えられた。しかし、資本主義が発展した経済秩序の中では、固定した場所は存在しなくなり、個人は孤独になり、周囲からも脅かされ、不安にかられるようになった。そのために新しい服従と強制的な非合理的な活動に駆り立てられるようになってしまった。従来の束縛から解放した自由の原理と、人間に孤独感と無力感を与える否定的な側面とが絡み合った結果、積極的にナチズムのような全体主義イデオロギーを希求することも、人間はあえてするようになってしまった』

第一次大戦の敗戦後のドイツは、一九二三年の一月には二五〇マルクだったパンがその年の一二月には四〇〇〇億マルクに高騰し、片面しか印刷されていない一〇兆マルク紙幣まで発行されるほどの凄まじいインフレや、三人に一人が失業者という状況に喘いでいました。そのなかで民衆は、国家の権威や倹約の原理、父親の権威に対しても信頼を失い、若い世代は勝手に行動するようになりました。そして、崇高な理想を謳い上げたワイマール憲法よりも、アウトバーンの建設を進め、フォルクスワーゲンを量産して庶民が車を所有することを可能にさせ、軍備の拡張によって完全雇用を達成した強い指導者を選んでしまいました。自由や理想から逃げ出し、独裁的な指導者・強大な権力に無条件で従い、現実的な利益を獲得する方法を選んだのです。

その一方で、社会的な弱者や単一の権威やイデオロギーに従属しない者に対しては、威圧的に接し、徹底的に排除しました。強者には絶対的に服従する一方で、ユダヤ人のような弱者へは徹底的に攻撃を加える、振り子のようにサディズムとマゾヒズムの間を行き来する、権威主義的なパーソナリティを形成してしまいました。その病理が、ファシズムの温床となった。政治指導者のサディズムと大衆のマゾヒズム、それが自由からの逃走・孤独に耐え得ない依存欲求の結果を招いたという論理展開に、私は大きな刺激を受けました。そして、自発的な愛とこころよくなしとげて死と思えるような仕事に希望を見出そうとするフロムに共感を覚えました。

今私たちは、この自由からの逃走、強者への追従、弱者への抑圧、職がなければ尊厳もないということの意味を、しっかり考えなければならない状況に生きていると思います。今年はまた、第二次世界大戦末期、ドイツ軍に占領されていたワルシャワの民衆が自由を求めて闘ったワルシャワ蜂起から、ちょうど五〇年目です。自由を求める闘いであったワルシャワ蜂起と、自由から逃れる闘争が産み出したアウシュビッツという醜悪な遺産を見て、自由の意味を考えたいと思います」

育子の提案に対して、最初に北川が賛意を表明した。

「戦争が始まると、誰もが一定の役割を与えられるようになるから、『自殺する者と精神を病む者が減る』と言われている。広瀬さんの話を聞いて、戦争という狂気が精神病の患者を減らすパラドックスが、よくわかった気がする」

メンバー全員も、その計画の具体化に同意した。

成田を飛び立ったのは一二時少し前だった。狭い機内で一一時間半も同じ姿勢をとり続ける、長い旅が始まった。良明は、テレビ画面の地図に表示される飛行機の位置を確認しながら、窓の下に広がるシベリアの川の蛇行や三日月湖などを確認し、ロシアの広大さを実感した。そして、飛行機が国境を越えようとするころ、思った。

「このあたりがチェルノブイリの上空なのか」

二度の機内食を食べた後オランダのアムステルダムに着くと、広い空港の中を歩いて移動し、ポーランド航空に乗り換えた。二時間ほどのフライトにもかかわらず、その日三度目となる機内食が提供された。さすがにうんざりという思いで、ようやく食べ終わると、ほどなくワルシャワに着いた。空港には、ワルシャワ大学の日本語学科を卒業し、留学した京都大学で育子と知り合った、ボブスワクという通訳の男性が待っていた。日本人を妻にもつ彼は、ペラペラの日本語で育子たちを迎えた。

良明は、ガイドブックを見て寒いことを想定し、セーターまで持参していた。しかし、現地では連日三五度を超える七二年ぶりの猛暑が続いており、到着が現地時間の午後九時を少し回っていたのにもかかわらず、驚くほどの熱気が残っていた。ホテルまで一五分ほど乗ったバスにも、その夜宿泊した四ッ星ホテルにも、冷房装置はなかった。車の騒音と排気ガスの臭いに閉口しながら、部屋の窓を開け放ち、寝苦しい夜を過ごした。

八年を　過ぎても消えぬ　禍の芽
人忘れても　いつの日芽を吹く

翌朝、冷房が効かないばかりか、窓も開かない蒸し風呂のようなバスに乗って、古都クラクフに向かった。高い山をほとんど見かけることのない広大なヨーロッパ大陸を走るバスの車窓には、黄金色に実った麦畑や、トウモロコシ畑、ジャガイモ畑がどこまでも続いた。畝ごとにきれいに並ぶ日本とは異なり、ばらばらに種が播かれているように見える麦畑に目を奪われていると、隣に座っていた育子が、呟くように言った。

「この辺は、どれくらいの放射能が残留しているのでしょうね」

突然の言葉に、言おうとしていることを確かめようとすると、育子は続けた。

「チェルノブイリから五〇〇キロ以上離れたポーランドが事故の発生を知ったのは、事故から三日後です。当時ポーランドは社会主義末期で、貧しく、政情も混乱していましたが、政府はすぐに非常事態体制を敷きました。そして、子どもたちの甲状腺障害を防ぐために、全ポーランドの九〇%の子どもにヨウ素剤を配布します。さらに、一リットルあたり数億ベクレルを超える放射能が検出されたミルクもあったため、乳牛に新鮮な牧草を与えることや、一キロあたり一〇〇〇ベクレルを超える葉物野菜などを摂ることを禁じ、国家をあげて汚染されていない地域から食糧の緊急輸入を行いました。当時日本は、三七〇ベクレルを基準にしましたが、ポーランドが一〇〇〇ベクレルにしたのは、そうしなければ国家の能力をはるかに超える食糧を大量に輸入しなければならなかったからです。

でも、半減期の長い放射能が消えてなくなるまで、非常事態に対する対応を継続することは、どんな政府をしても不可能でしょう。放射能に汚染された広大な土壌を、すべて剥ぎ取ることなど、人間にはとうていできません。地球の半径の六〇〇〇万分の一にも満たない一〇センチほどの薄い膜、数知れぬ微生物が息づき、作り上げた土壌こそが、生命の糧を育てます。その土壌が汚染されたら、すべて剥ぎ取って捨てる場所もなければ、代わりにきれいな土壌を入れ替えることもできません。

汚染された大地そのものを捨てて逃げ出すことができない以上、汚染された作物でも受け入れるしかないでしょう。たとえそのために、人間の身体が少しずつ蝕まれるとしても……。原子力発電所の存在を容認するということは、きっとそれをも覚悟するということなのでしょうね」

事故から八年を経たポーランドに、セシウムやストロンチウムなどがどれくらい残留し、どんな影響があるのか。どんな対応がなされているのか。育子も良明も何も情報はもっていなかった。ふだん口にしている食べものにどれくらいの放射能が残留しているのかを、幼い子どもとポーランドに住み続けているボブスワクに尋ねることも、ためらわれた。二人はただ黙って、どこまでも続く田園風景を眺めていた。

一〇〇万の　死に逝く様を　見て育つ
幼子になき　悲しみの涙

ドイツとの国境にも近く、交通の要所であったクラクフは、一六一一年までポーランドの首都であった。第二次大戦中ドイツ占領軍は、ヴィスワ川のほとりの小高い丘の上に建つヴァヴェル城に司令部を置く。そのため、この街は奇跡的に破壊から免れ、中世の美しい街並みを残していた。ポーランド語でオシィフェンチムと呼ばれるアウシュビッツは、この古都からバスで三〇分ほどの距離にあった。

「労働は自由をもたらす」というスローガンが門の上段に掲げられたアウシュビッツ絶滅収容所のメインゲートをくぐると、電流の流されていた二重の鉄条網に囲まれた二階建ての建物が見えてきた。ドイツ軍は、ポーランド軍が使っていた施設を、まずポーランドの政治犯の収容所として用いた。その後まもなく、連合国のほぼ中央にあるこの場所に、各地でかき集めた囚人たちを、鉄道を利用して運んだ。

施設の中を順路に従って歩いていくと、ソ連、ポーランド、チェコスロバキア、ユーゴスラビア、オーストリア、ハンガリー、フランス、ベルギー、イタリア、オランダなど、国ごとに囚人を分けて収容した棟が並んでいた。一五番のバラックの中には、有刺鉄線の内側を、首をうなだれた一団が列をなしてガス室に歩んでいく光景をイメージさせる、囚人服だけの展示があった。その背景には、犠牲になった人たちの顔写真が一面に敷き詰められていた。奥まった場所に建てられていた「一二」と付番され、「死のブロック」と呼ばれた棟の地下には、コルベ神父が餓死させられた部屋や、九〇センチ四方の狭い場所に四人を立たせたまま押し込めた拷問室が残されていた。

育子は、見学者の想像力に委ねる展示を、三年前に訪れた韓国の西大門刑務所跡の展示と比較して言った。

「西大門刑務所跡には、三・一独立運動のとき日本軍に捕らえられて獄死した独立運動家の少女・柳寛順《ユグァンスン》が押し込められていたという拷問室が展示されています。そこでは、悲鳴を上げ、血だらけになった彼女を、憎々しげな形相の日本人が拷問している様子も、蝋人形を使って再現されていました。韓国の子どもたちは、遠足で必ずその光景を見て、日本の侵略の歴史を学ぶそうです。そのサディスティックな展示法を、日本人の私が批判することはできませんが、抑圧された人たちの痛みは、蝋人形を見せるよりも、自分で想像したほうがはるかに胸に迫るような気もします」

一一番と一〇番の棟の間は、数限りない銃殺刑が執行されていた「死の壁」と呼ばれる場所であった。その前の土は、心なしか赤い色をしているようにも思えた。育子は、死の壁の前に置かれた石の上に持参してきた花を添えながら言った。

「『日本人はみんながやっていることと同じことをするけれど、ドイツ人は命令されたことを忠実に実行する』と言われるように、命令を受けたドイツ兵は、名前を奪った囚人に番号をつけ、写真を撮り、入れ墨をほどこし、殺害した囚人の数も几帳面に記録していたそうです。でも、『あまりにも多くの人びとを銃殺することに精神的なダメージを受ける兵士が少なくなかったため、兵士の精神の負担を軽減し、銃殺以上に大量の殺人が可能な方法として、ガス室を採用した』という話を聞いたことがあります。人は、どうしてこんなに残酷なことができるのでしょうね」

するとすぐそばにいたボブスワクは応えた。

「ナチの親衛隊員で、アウシュビッツで鬼と恐れられた男が、『われわれと彼らとを分けた。あとは簡単だった』と言っています。どんなに涙を流して命乞いをしようと、赤い血を流して死んでいこうと、『彼らは、われわれとは違う存在なのだ』と思い込んでしまえば、人間は同じ人間に対して、平気でどんな残酷なことでもできるのかもしれません」

「そうかもしれませんね。誰もが、自分と同じように生きて、泣いて、愛して……またそんな人を愛する人がいて、そのかけがえのない人の死を嘆き悲しむ人がいる。そんなことをいちいち想像していたら、人は、人を殺すことなんかできないでしょうね。でも、『俺とあいつらは違う』と思っただけで、その垣根は簡単にはずれるのかもしれません。日本の七三一部隊が、人間を『マルタ』と呼んで人体実験を繰り返し行うことができたのも、彼らを本当に丸太くらいにしか思わないようにしていたからなのでしょうね。私たちも、今またその垣根をはずしてしまっているのかもしれませんが」

辛そうに語る育子に、ボブスワクは静かに言った。

「アウシュビッツで、どれくらいの人が殺されたのか、正確な数字はわかりません。そんな地獄を奇跡的に生き延びた一人の少女は、人間が死ぬということに対して、悲しみの感情をまったくなくしていたといいます。そのために、戦後お葬式に参列したとき『まわりの人が死を嘆き悲しむ様子を見て驚いた』という話を聞きました。私は、何百万もの人を殺したこともさることながら、一人の少女から人の死を悲しむ感情を奪ってしまったということが、このホロコーストのもっとも大きな罪であるような気がしています」

同胞の　受けし痛みを　繰り返す
ダビデの星の　深き悲しみ

午後は、一つの収容所だけではかき集めてきた囚人たちを収容しきれなくなったために、約三キロ離れたビルケナウに造られた第二アウシュビッツ収容所を訪ねた。良明たちは、「死の門」と呼ばれる監視塔の下をくぐり抜け、一直線に伸びている長い列車の引き込み線に沿って、かつて幾知らぬ人たちが重い足取りを進めたであろう道を歩んだ。強い日差しが広大な収容所を容赦なく照りつけていたが、日傘をさすメンバーは誰もいなかった。一緒に歩いたボブスワクは説明した。

「線路を挟んで、右側が男性、左側が女性の収容所になっていました」

残された木造のバラックに入ると、三段の狭い空間に七〜八人ずつ寝かされたという板張りのベッドや、コンクリートに無数の穴を開けただけのトイレの跡があった。

「囚人の人数に比べてトイレの数は圧倒的に少なく、使用時間もきわめて制限されていたために、食器を便器と共用していた人までいたそうです。重労働を課せられている囚人たちの食事は、極端に乏しく、二〜三カ月もすると大半の者が衰弱死したといいます。餓死しなくても、大半がガス室に送られましたが……」

引き込み線の終わるところは、ガス室の跡だった。撤退するドイツ軍は、虐殺の証拠を隠滅するために、ガス室や人間の焼却炉を破壊していった。そのまま五〇年の時を過ごした煉瓦の瓦礫の中を歩き、ガス室の外に出ると、土の上に小さな人間の骨のようなものが突き出ていた。さらに収容所の奥へ進んでいくと、ダビデの星と十字架がたくさん建てられている広い空地にたどり着いた。そこでボブスワクは寂しそうに言った。

「このあたりは、虐殺された遺体を野焼きにしたり、焼却炉から運んだ灰を捨てたところです。ここでの最大の被害者は言うまでもなくユダヤ人ですが、アウシュビッツで殺されたのは、ユダヤ人ばかりではありません。ポーランド人も、ロシア人も、政治犯も、ロマも、障がい者も、ホモセクシャルも、ナチスに『存在するに値しない』と判断された者は、容赦なく殺されました。だからここには、ダビデの星と十字架が一緒に建てられています。

でも、イスラエルはここから十字架の撤去を求めています。彼らはこの場所を、ユダヤの悲劇を象徴する聖地に仕立て上げたいようです。迫害の歴史を生きてきたユダヤ人が、自らの国をもつことの正当性を主張する根拠として、この場所を利用するつもりなのでしょう。そのイスラエルは、今パレスチナの地でホロコーストを再現しています。新たなホロコーストが作り出した怒りと憎しみと絶望は、アラブの民に、報復のテロに走らざるを得ない恨みの連鎖を生み出しています。ここで被害者だった人たちの同胞が、今度は加害者の側に立つ。人間とは、何と哀しい生き物なのでしょうね」

気高くも　故国を思ひて　立つ人を
冷たく見捨つ　我らにあらねば

一九四四年六月二二日から開始されたソビエト赤軍（ソ連軍）によるバグラチオン作戦の成功によって、ドイツ中央軍は壊滅し、ナチス・ドイツは敗走を始めた。ソ連軍は、ワルシャワ近郊のビスワ川の対岸にまで接近する。そこでソ連は、ドイツの占領下でレジスタンス活動を続けてきた地下組織を統合した亡命政府からなるポーランド国内軍に、蜂起を呼びかけた。かねてから武器を集めて準備を重ねていた国内軍は、ソ連軍に解放される前に、自らの手で首都のワルシャワを解放し、自治権を確保しようと考える。

ところが、ソ連軍はドイツ軍の反撃によって甚大な損害を被り、補給にも行き詰まり、進軍の停止を余儀なくされた。にもかかわらず、ポーランド国内軍に進撃停止の情報を伝えることはなく、モスクワから蜂起開始を呼びかけるラジオ放送を流し続けた。ソ連軍のワルシャワ到着は間近になっていると判断した国内軍は、八月一日午後五時ごろ、一斉に蜂起を開始した。

ワルシャワ蜂起の報告を受けたヒトラーは、市街戦によるドイツ軍の消耗と、ポーランド国内の危険分子が一掃されることを期待するソ連軍が「高みの見物」を決め込み、ワルシャワへ救出に向かうことはないと判断した。そこで、蜂起した民衆の徹底的な弾圧と、ワルシャワの街を「草木一本も生えぬ荒野にせよ」という至上命令を発する。

蜂起軍は、凄まじい空襲を受けて破壊されたワルシャワで、地下室や地下水道に逃げ込みながら、圧倒的な重火器で装備したドイツ軍と激しい市街戦を展開した。子どもたちも伝令に奔走し、少女たちは看護婦に志願する。けれども、ヒトラーが予測したとおりに、一九四〇年にカティンの森で二万人を超えるポーランドの将兵を虐殺していたソ連軍が、ワルシャワへ救出に向かうことはなかった。

自由と解放を求め、力の限りを尽くした民衆たちは、六三日に及ぶ孤高の闘いの果てに、力及ばずして倒れた。そして、激しい戦闘の終了した瓦礫の街に、ソ連軍は悠然と進軍してきた……。

しかし、民衆を黙殺したのは、ソ連だけではない。アメリカもまた、戦後の世界を見据えて、日本の多くの民衆を翻弄し、かけがえのない生命を蹂躙した。ナチスに先んじて原子爆弾の製造に力を注いだアメリカは、原爆が完成する前にドイツが降伏したにもかかわらず、マンハッタン計画を中止しなかった。そして、原爆の完成前に、実験台に定めた日本が降伏することがないように、軍需工場や鉄道などへの空爆を極力控え、最低限の戦争遂行能力を温存させる策を採る。

アメリカは、どれほど多くの民家が焼かれ、どれほど多くの民衆の生命が奪われても、大日本帝国はそれを甘受して、降伏することはないと判断し、「町の中にも兵器工場が潜んでいる」と言いながら、無差別爆撃を繰り返していく。一方で、敗戦前日の八月一四日まで「東洋一」の規模を誇っていた大阪砲兵工廠を爆撃しなかったように、「軍都」広島への爆撃も行うことはなかった。そして、八月六日午前八時一五分、風が止まる朝凪の時間を狙って、放射性降下物がもっとも多く降り注ぐ高度で爆発するように計算して、新型爆弾の威力を確認するための人体実験を行った。

いつの世も、どこの国でも、民衆は国家の思惑に翻弄され、無残に生命を奪われていく。

二人して　夕べの街に　歩む夢
虚しく響く　一人靴音

アウシュビッツから戻った良明たちは、ワルシャワ蜂起の前日である七月三一日、前夜祭が行われている街に繰り出した。かつて「北のパリ」と称された美しいワルシャワの旧市街は、ナチスによって完全に破壊された。それでも、かろうじて戦禍を生き延びたワルシャワの市民は、瓦礫の中から煉瓦を一つひとつ掘り返し、古い絵や写真を参考にしながら、「壁のヒビまで復元した」と言われるまでに、昔どおりの街並みを甦らせた。

ワルシャワ蜂起は、愛する美しい街の中で、自由に生きることを夢に見た人びとの尊厳をかけた闘いであった。その果てに散って逝った兵士や市民の像が造られた広場には、献花する市民が後を絶たない。紅白の花で彩られた像は暗くなるとライトアップされ、幻想的な雰囲気が漂っていた。

良明はしばらくの時間を広場で過ごしてから、少年兵の像が建つ城壁沿いの道を歩いた。城壁を照らしているほのかな赤い街灯の下には、何組ものカップルが楽しそうに語らっている。そんな光景を目にしながら、良明は思った。

「由紀との新婚旅行のとき、ここを一緒に歩いてみたかったな」

しかし、本当に愛しくてたまらないという雰囲気で抱き合っている男女を見ているうちに、また異なる思いが湧き上がっていた。

「ゆきは今、どうしているのだろう」

壁のヒビ　一つも愛しむ　人偲び
奮える声の　響く街並み

蜂起五〇周年記念式典が執り行われる当日、ボブスワクの尽力によってワレサ大統領からの招待状を手にした良明たちは、勝利の広場に設けられた式典会場に入った。

式の進行は、すべてポーランド語でなされた。ボブスワクがそばにいなかったために、話されている内容はまったく理解できなかったが、自由を求めて闘った無名戦士たちの死を悼み、恒久の平和を願っている雰囲気だけは感じとることができた。ミサのときには、前方から聞こえてくる合唱の美しさもさることながら、周囲の中年女性たちが素晴らしい歌声を響かせた。歌声は、蜂起に散った人たちへの思いを、心にしみわたるように伝えてきた。気がつくと、良明のまわりにいるほとんどの人が感動の涙を流していた。

式が終了すると、誰もが握手し合っていた。良明も、何を言っているのかわからない異国の人に、求められるまま握手を交わした。メンバーの中には、「ノーモア　ヒロシマ　ノーモア　アウシュビッツ」の言葉だけを繰り返して、言葉の通じない相手と抱き合っている者もいた。

夕暮れの　古都に鳴りゆく　鐘の音に
諸人偲ぶ　琥珀色の刻

感動的な時間が過ぎると、良明は会場を出て、街の中を彷徨った。いたるところに、ドイツ軍に頭を撃ち抜かれて倒れた無名戦士への鎮魂の思いを示す、記念碑が建てられている。どの記念碑にも、美しい花が添えられていた。昨夜歩いた城壁沿いの公園まで辿っていくと、少年兵士の像の前で、子どもたちがナチスへの抵抗の歌を歌っていた。

南の国に比べて貧しかったヨーロッパには、収奪を繰り返した国もあれば、ポーランドのように大国の間で分割され、収奪され続けた国もある。貧しい生活を強いられた人びとは、建物ばかりでなく、家具や食器に至るまで長いあいだ大切に使い、当然のように引き継いだ。住宅をも消耗品の如く使い捨てる国とは異なり、古い街並みに寄せる思いは、そのまま故国に対する愛へと連なっているようにも思えた。

ロシアへの抵抗運動に参加してフランスに亡命したショパンは、遠く離れた異国の地で、故郷に伝わる音楽をもとに一八のポロネーズを残した。事実上、帝政ロシアに併合されたワルシャワ公国の学校で、母国語の使用を禁じられていたマリー・キュリーは、発見した新元素に「ポロニウム」という名前を付けた。ショパンやマリーがこよなく愛し、市民が瓦礫の中から甦らせた街を歩きながら、良明はふと思った。

「愛国心とは、こういう感覚をいうのだろうな」

良明は、そのまま絵葉書にもなっている美しい旧市街の広場に達すると、いくつかの店舗をのぞき込んだ。小さな宝石店では、蟻のような小さな虫を混入させた木の樹脂が地中に深く埋没し、一億年以上もの歳月をかけて固化した、琥珀を見た。勧められるままにネックレスを手にしたとき、由紀に贈りたかったという思いと、ゆきに贈りたいという思いが交錯した。そんな良明を、後から店に入ってきた育子が怪訝そうな目をして見つめていた。

午後五時ちょうど、街中にサイレンが鳴り渡り、教会の鐘の音も優しく響き始めた。走っていた車も、一斉にストップした。すべての人が五〇年前の蜂起に思いを寄せ、自由を求める崇高な闘いに、ワルシャワ中の人が共鳴しているようであった。

美しい街のすべてを五〇年前に引き戻している感動的な光景を目にしながら、良明は考えた。

「五〇年前、自由の重さから逃れた末に、美しい街を徹底的に破壊し、愛国心に燃える民衆を虐殺し続けた人たちがいた。その自由の重さに耐えられない人たちから受けた抑圧を跳ね除け、自由を求めて立ち上がり、力尽きて散って逝った人たちがいた。そして今、自由を求めて闘った人たちの魂を引き継ぐ人たちが、ソ連の衛星国から脱し、自由と連帯を求めて新たな国づくりに勤しんでいる。その人たちも、やがていつか、自由を求め続ける闘いの重さに耐えられなくなってしまうのだろうか」

秋の日の　木漏れ陽に照る　琥珀色
愛しき胸にて　刻を偲びぬ

ポーランドから戻って、ゆきの家に連絡すると、ゆきにとても似た声が答えた。

「姉は一カ月ほど家を空けています。戻ったら連絡させます」

ゆきから何の連絡もないまま、その年の夏は過ぎていった。しかし九月に入るとすぐに、すっかり日焼けしたゆきが良明の前に現れた。

「あなたからタイやフィリピンでのお話を聞いているうちに、どうしても農業体験をしてみたくなったので、千葉で有機農業をしている人の家に住み込んで働いてきました。でも、農作業に耐えられなくてすぐに逃げ出してしまったら恥ずかしいから、あなたには内緒にしておきました。朝は四時ごろ起きて働き、暑い時間は昼寝をする生活を一カ月間送り、このとおりしっかり焼けて帰ってきました」

良明は、明るく語るゆきの顔を見て、ほっとして尋ねた。

「いかがでしたか。初めての農業体験は？」

「これまでの私の人生のなかで、一番モテました。何度『嫁に来いよ！』とプロポーズされたことか、それを断るのが一番大変でした……妬《や》けますか？」

思わぬゆきの言葉に、良明は笑って答えた。

「ええ、とっても。でも、千葉の農家のお嫁さんにならなくてよかった。もうお会いできなかったらどうしようかと思っていました。せっかく、廃墟の中から甦った街で、お土産を買ってきたのに」

そう言ってワルシャワで買ってきた琥珀のネックレスを差し出した。包みを受け取ったゆきは、箱を開けると、中を見て微笑み、喜びを露わにした。

「本当に私がいただいてもよろしいのですか？　ありがとうございます。大切に使わせていただきます。似合いますか？」

「ええ。とても」

小さな生命のかけらを長い年月ずっと包み込んでいる琥珀が、ゆきにはとても似合うように思えた。

怒りもて　くさりで囲む　若き手の
思ひ響きし　霞の街に

川田龍平は一〇歳のとき、母親から血液製剤によってエイズウィルスに感染させられている事実を告げられた。その苦悩と差別の経験を経て、一九九三年に国と製薬会社の責任を問う東京ＨＩＶ訴訟の原告に加わり、九五年三月に実名を公表する。そして、七月二四日に『責任逃れの国の態度を許さない。一〇〇〇〇人で囲もう！厚生省を』と市民に呼びかけ、共感した三五〇〇人の若者たちが、厚生省を取り囲んだ。その輪に加わったゆきから、良明にも興奮の声が伝えられた。

一九九五年一〇月六日、東京地方裁判所の魚住裁判長はエイズ訴訟の和解案を提示し、裁判所の考え方を所見としてまとめた。

「血友病患者が、医師の勧めに従って、ひたすら有効な薬剤と信じて非加熱製剤を用い、ＨＩＶに感染した。その結果、社会的偏見に見舞われた。このようなことは、社会的・人道的に決して容認できない。厚生大臣は与えられた権限を最大限に行使して、医薬品の副作用や不良医薬品から国民の生命、健康を守るべき責務がある。

厚生省の主管課長は、一九八三年の初めころからエイズと血友病に関する情報の収集に努めており、エイズの原因が血液または血液製剤を介して伝播されるウィルスであるとの疑いを強めていた。エイズ研究班でも、エイズがウィルス感染症であることを前提として議論が行われた。したがって、『エイズがウィルスによってうつるものだということは知り得なかった』『未知の病原菌への対応は取りようがなかった』などという厚生省の主張は当たらない。八三年の早い時期から国は危険が察知できたにもかかわらず、血液製剤の危険性について十分な情報提供を行わず、代替血液製剤確保のための緊急措置をとることもなく、危険な血液製剤の販売停止などの措置もとらなかった。その結果、血友病患者のエイズ感染という悲惨な被害拡大につながった。国および製薬メーカーは重大な責任がある。深甚な反省の意が表されてしかるべきである」

しかし、この和解案に応ずるとの決断を下した森井忠良厚生大臣は、良識を疑わざるを得ない言葉を口にした。

「厚生省の官僚も、その時々で、できる限りのことをしており、私は彼らによくやったとほめてやりたい」

原告たちは、失望と不安を抱きながら、政局の行方を見守っていた。

愚のままに　荒野に倒れし　人の説く
愛に我もまた　生きむとぞ想ふ

その年の一二月、良明は松木川のはるか下流に位置する渡良瀬遊水池をゆきと訪ねた。栃木県の南端にあり、埼玉、群馬、茨城の三県と境を接する位置に、山手線内側の面積の三分の二に及ぶ広大なヨシ原が広がっている。そこにはかつて、戸数四五〇戸、約三〇〇〇人が住む谷中村があった。村の周囲には大小の沼が点在し、村を流れる渡良瀬川に巴波《うずま》川、与良《よら》川、思《おもい》川、谷田《やた》川が流れ込んで、三キロほど下流で利根川と合流していた。たくさんの川魚に恵まれた村は洪水の常襲地帯でもあったが、洪水のたびに山間部の肥沃な土が運び込まれ、豊かな実りにも恵まれ、「関東一」とも呼ばれる沃土を誇っていた。足尾鉱毒事件が起こる以前の谷中村は、まさに約束された豊饒の地であった。

ところが、明治政府は鉱毒を沈殿させるために谷中村を買収し、遊水池を造る計画を立て、住民を強制的に移住させた。その後、渡良瀬川は付け替えられ、赤麻沼をはじめとする沼は鉱毒を抱いたまま、広大なヨシ原へと変わっていく。いつしか人の住むことのなくなった遊水池には、ヨシ、ガマ、マコモなどの抽水《ちゅうすい》植物、ヒシやヒツジグサなどの浮葉植物、フサモやクロモなどの沈水《ちんすい》植物が繁茂し、豊かな水辺は魚たちの揺籃の場となり、それを食べる多くの猛禽類も生息するようになっていた。

しかし、この国はどうしても遊水池を自然のオアシスのままで保持しておきたくなくて、膨大な資材と税金を投入し、無味乾燥なコンクリートの護岸を造った。すると、遊水池の水面はアオコで覆われるようになり、かび臭物質が大量に発生する。一九九〇年の夏には、この水が、江戸川流域住民の水道水のかび臭の原因として騒がれた。それでもなお、鉱毒が眠る遊水池には、ゴルフ場を中心とするレジャーランド化案や、国際空港誘致話までもち上がっていた。

東武鉄道の新古河《こが》駅で降りた二人は、冬晴れの空にカワウがゆったり舞う光景を見ながら、三国橋まで歩いた。橋の上からは、二人が初めて出会った足尾の山並みや、白い日光連山がはるか遠くに光っている。しばらく二人は黙ってその光景を見つめると、第一調節水池の堤防に沿って歩き、谷中村の住居の跡が点在する延命院の近くまで辿った。

「私が生まれたのは、この遊水池のすぐ近くにある佐野という町です。佐野には、かつて足尾鉱毒事件を告発して奔走し、この遊水池を造るために滅ぼされた谷中村の村民とともに闘った、田中正造という政治家がいました。衆議院議員だった正造は、渡良瀬川流域一帯で大洪水があった後に農作物がすべて枯れてしまった原因は足尾銅山にあると主張しました。ところが、時の政府は、水俣病のときのように『因果関係がはっきりしていない』と答弁し、何の対策も講じませんでした。

一九〇〇年二月一八日、正造は『民を殺すは国家を殺すなり。法を蔑にするは国家を蔑にするなり。皆自ら国を毀《こぼ》つなり。財用を濫《みだ》り民を殺し法を乱して而して亡びざるの国なし。之を奈何《いかん》』という演説を行いました。その五日前の一三日、鉱毒の窮状を訴えるために東京に請願しようとした渡良瀬川流域に住む二五〇〇人の農民たちが利根川を渡るところを、一八〇名の警官と一〇名の憲兵が襲って、流血の惨事を起こしたことに対する糾弾の言葉でした。

この『川俣事件』では、関係した農民六八名が兇徒聚衆罪《きょうとしゅうしゅうざい》で起訴されました。水俣病でも、精神病院で劇症の水俣病のためにもだえ死ぬ父親を見守った被害者の家族が、傷害罪で起訴されたことがありましたね。その『川本事件』では、さすがに裁判所も、チッソの罪を糾弾することなく軽微な暴行罪を訴追することは公正に反するとして、史上初めて『公訴権の濫用』を理由に控訴棄却の判決を下しました。でも、川俣事件の裁判では、あくびをした正造まで『法廷侮辱罪』に問われて、収監されました。

その翌年の四月に、私が出た高校が創立され、被害民の子弟であった当時の旧制中学の生徒も『この下流は如何に惨状ならずや、鉱毒の田畑に侵入し、荒畑となりし幾万坪ぞ』という文章を書き残しています。そして、その年の一二月一〇日、正造は被害住民救済を訴えるため、明治天皇に直訴しました。直訴は失敗に終わりましたが、鉱毒問題に対する世論が喚起され、時の内閣もやむなく鉱毒調査委員会を設けます。

しかし、調査会は、鉱毒問題を解決するつもりなどありません。鉱山の操業停止を求める運動を鎮静化させるために、鉱毒問題を治水問題にすりかえ、谷中村に貯水池を造る計画を立てました。足尾銅山からの鉱毒によって農作物が壊滅的な被害を受けたために困窮の極みにあった渡良瀬川流域住民は、政府の徹底的な弾圧によって疲弊しきっていました。そんな住民たちは、谷中村を犠牲にして遊水池に鉱毒を流し込めば、自分たちが鉱毒に苦しまなくなると考え、計画案を苦渋の末に受け入れます。住民たちの運動が分裂し、孤立無援の状況のなかで、政府の横暴に非暴力で耐える谷中の人たちを見て、正造は言いました。

『見よ、神は谷中にあり。聖書は谷中人民の身にあり。苦痛中に得たる智徳、谷中残留人の価は聖書の価と同じ意味で、聖書の文章上の研究よりは見るべし。学ぶべきは、実物研究として先《ま》ず残留民と谷中破壊との関係より一身の研究をなすべし。徒《いたず》らに反古紙《ほごがみ》を読むなかれ、死したる本、死したる書冊を見るなかれ』

そして正造は、谷中村こそ鉱毒問題の中心地であり、人道破壊の集約された村であると考えて、移り住みました。でも、その四年後には土地収用法が適用され、一六戸の家は強制破壊されます。正造は『世の中に訴へても感じないと云ふのは、一つは此問題が無経験問題であり、又た目に見えないからと云ふ不幸もございませう。先づ鉱毒で植物が枯れる。魚が取れぬ。人の生命が縮まる』と、自らの生命が奪われようとしている危険性を事前に感ずることのない人間の鈍感さを嘆きました。今の私たちは、その歴史から何も学んではいないようです。

当時の明治政府にとって、銅は、西欧の近代技術と機械、武器や軍艦などを輸入するために、外貨を獲得できる数少ない輸出産物でした。富国強兵という国策を遂行するのには、不可欠な資源だったのです。だから、銅を得るために鉱毒が生じ、民衆がどんなに困窮しようとも、まったく顧みることはありませんでした。そして、谷中村の民を見捨てた民衆もまた、富国強兵という国策が引き起こした戦争の犠牲にされてしまいました。

国策のために民衆が翻弄され、山河が崩壊していくことに抗い続け、一九一三年に七一歳の生涯を閉じた正造の生涯は、まさに国策の前に敗北を重ねた歴史です。でも、正造は『百戦百敗、その研磨に得たる自得力堅忍となりて、夫《そ》れより発動せる以上の良知良能の付合せるにあらざれば、時勢を造る人とは云へず』と言っています。『余は、最弱を以《も》って最強に当たるをもってよろこびとするなり』とまで言い切っています。

私も、人の一生には勝ちも負けもないと思います。数や力を頼みとするよりも、感動や共鳴を呼ぶ生き方をすることによって世の中を変えていきたいと思います。正造が『畢竟《ひっきょう》愚鈍なるが故に、その愚を守るの外一物なし』と言っているように、ただ愚直に生きていきたいと思っています。『辛酸また佳境にいる』という心境にまでは、なることはできないかもしれませんが」

ゆきは納得したように、何度もうなずいていた。

「『愛の人』と呼ばれた正造は『愛は空気の如し、また水の如し、人生欠くべからざる食物なり、風は空気を贈り、地平は水を配ばれり、皆人生の用たり、最大用たり、愛も亦此くの如し。人生愛なければ空気なく、水なく、渇し且つ呼吸せまる』とも言っています。その正造が亡くなったとき、遺品は、聖書と大日本帝国憲法典と小さな石ころ三個だけだったそうです。まさに、『足るを知る』人にふさわしい最後でした。

正造は常々『余は下野《しもつけ》の百姓なり』と名乗っていました。私は、佐野に住んでいたころ、田中正造の偉大さを知らずに、『百姓』という言葉を差別用語とさえ思っていました。でも、いつの日か生まれ故郷に戻って、一百姓として最期を迎えることができたらと、最近少しずつ思うようになってきました。だから、すぐそばで育ったのに、今まで一度も訪れたことのなかったこの遊水池に、あなたをお誘いして訪ねました」

広々とした光景を並んで見ながら、良明が思っているところを言葉にすると、目を輝かせながら黙って聞いていたゆきは、はっきりとした言葉を口にしていた。

「あなたの生まれた町に、いつか私も連れて行ってくださいね」

第四章 羽ばたき

誰が罪を　我がこととして　跪く
箱なる魂　涙に聞きしか

一九九六年一月一一日、菅直人が橋本内閣の厚生大臣に就任する。菅は二二日に薬害エイズの調査プロジェクトチームを発足させ、厚生省内に資料の提出を求めた。すると二月九日には、存在しないと言われ続けたエイズ研究班のファイル九冊が提出された。この「郡司ファイル」によって、厚生省が八三年の早い時期に血液製剤の危険性を認識していたことが判明し、国の責任が明らかとなる。原告たちは、一四日から一六日までの三日間、国の謝罪を求めて厚生省の前に座り込んだ。

ゆきも、原告や全国から集まった支援者とともに、座り込みの列に連なった。その最終日、弁護士会館で待っている原告たちのもとに、菅から連絡が入る。

「一人ひとりの原告と会って話がしたい」

原告たちは、「大臣が謝罪してくれるのだろうか？」という期待と猜疑心を抱いて、小雨まじりの雪の中を厚生省に向かった。午後四時、川田龍平や家西悟など実名を公表していた原告が、正門から厚生省に入る。しかし、ゆきはそのほかの原告たちと、地下から隠れるようにして厚生省に入った。それでも、大きな会議室の手前に立っていたSPは、ゆきが付き添って歩いていた原告を制止して、手に抱えていた大きな箱の中身を問いただした。

「これは私の子どもと夫の遺骨です。これを持って中に入ることもできないのですか！」

女性は今にも泣き出しそうな表情で反駁した。その言葉に、周囲からも一斉に刺すように鋭い視線が浴びせられた。さすがのＳＰもたじろぎ、引き下がった。


橋本内閣が成立するにあたって、連立与党三党は政策の合意事項の一つとして、ＨＩＶ訴訟の早期和解の推進と責任問題を含めた調査の実施を盛り込んでいた。菅は、厚生族と呼ばれた橋本に「国としての責任を認める方向で進める」ことについて合意を取り付けた。さらに、大蔵大臣に対して賠償のための予算措置を要請し、和解成立後に、具体的な対策を実施するための予算的な裏づけを確保してもいた。製造物責任法や情報公開法の制定にも尽力していた枝野幸男は、自称「厚生大臣の特別補佐官」として、三党のエイズ問題検討ワーキングチームで協議を繰り返し、被害者との調整役も務めてきた。その枝野の進行によって、菅と原告団との会見が始まる。

最初に、東京訴訟と大阪訴訟の原告団長がそれぞれ訴えた。

「悲惨な薬害に背を向けてきた国の姿勢を抜本的に転換し、国の責任を認めて謝罪してほしい。失われた命は、もう帰ってはこない。だが、まだ一六〇〇人以上の生存被害者がいる。その人たちの命を守ってほしい。一日も早く責任ある恒久対策をとってほしい」

「偏見と差別のなかを生き、闇から闇に葬られていく患者がいることを知ってほしい。われわれは普通に生きたい。今必死で生きている人たちに希望を与えてほしい。二度と薬害を起こさないと約束してほしい」

二人の訴えを何度もうなずきながら神妙な顔で聞いていた菅は、応えた。

「心からお詫びを申し上げたいと思います。本当に申し訳ありませんでした」

あまりに率直に素直に謝ったことに対して、原告たちの間から一斉に叫び声が上がった。

「謝ってくれたよ」

嗚咽が漏れるなか、さらに菅は続けた。

「製薬メーカーの責任はもちろんのこと、非加熱製剤の販売停止が遅れ、感染の拡大を招いた責任が厚生省にあることを認めます。今後は治療体制を充実させ、生活支援の柱となる恒久対策や治療薬の開発などに、政府として全力で取り組みます。和解の場における早い時期の合意を目指して、全力を上げることも、お約束いたします」

菅の言葉に、原告の誰もが声をあげて激しく泣いた。そして、退席する前に、菅が一人ひとりの原告と握手を交わしながら歩んでいくと、遺骨の箱を抱えた女性が詰め寄った。

「子どもと夫に謝ってください」

その言葉に菅はすぐに箱の前にひざまずき、あたかも魂のやすらぎを祈っているかのように、一言を口にした。

「大変ひどいことをしました」

その場にいた原告全員が、もう一度声をあげて泣いた。

小雪舞ふ　ホームに震える　手をとりて
熱き想ひを　そっと伝えむ

大臣が謝罪した夜、ゆきから電話があった。良明は、泣きながら会見の様子を知らせるゆきの声が、とても明るく軽やかで、今まで感じられた壁が消えていると感じた。

翌日の夜、仕事が終わってから東京まで飛んできた良明に、ゆきは厚生省での詳細な顚末を報告した。国が責任を認めたことで、裁判所の勧告に沿って、早々に和解が成立するだろうとの弁護団の見解も伝えた。そのころから、エイズの発生を予防する薬の開発も進み、発症して亡くなる人の数も少しずつ減り始めていた。

「死んだ人が生き返ってくることはありませんが、今必死で生きている人たちには、ささやかな光が見えてきましたね。そのことについて、今日は素直に喜びましょう」

二人はささやかな祝杯を上げたが、良明は心の中の不安な思いをぬぐいさることはできなかった。

「自分には直接的な責任がないと思っている責任なら認めても、自分にも責任の一端がある問題に対処するとき、政治家はどのように振る舞うのであろう。これからも、同じような過ちが何度も繰り返されるかもしれない。そして、時間が経てば、薬害エイズという悲惨な事件が起こったことも、その患者たちの苦しみや悲しみ、痛みも、みんな忘れられてしまうのだろう。その果てにこそ、もっと取り返しのつかない悲劇が待っているのかもしれない」

ほどよく酔いがまわると、二人はカラオケボックスに入った。最初は聞くだけで、歌うことを躊躇していたゆきは、美しいソプラノで『アベマリア』を歌った。初めてゆきの歌声を耳にした良明は、震えるような感動を覚え、言葉を失った。さすがにその後、歌うことへの強いためらいを訴えたが、良明は最後に『バイバイバイ』という歌を歌った。それを聞いていたゆきは、静かに涙を流した。

「どうしました?」

「この歌を、私の知り合いが聞かせてくれたことがあります」

良明は、悲しい記憶を甦らせて目に一杯の涙を溜めているゆきの小さな肩を、思わず抱きしめたい衝動に駆られていた。

時計が一〇時を回って、二人は上野から高崎線の列車に乗った。混み合った電車の中でドアの近くで立っていた二人は、まわりから押され、身動きの取れない状態で向かい合った。そして、お互いの顔を見ることのないままに、黙ってうつむいていた。電車が動き出して、一駅過ぎるとすぐに、ゆきが下車する駅名を案内するアナウンスが流れた。もっとゆきと一緒にいたいという想いを抑えられなくなっていた良明は、ポイントで電車が大きく揺れた瞬間に偶然触れたゆきの手を、そのまま握った。その瞬間、ゆきは顔をあげて恥ずかしそうに微笑んだ。

一瞬のうちに電車は赤羽に到着し、ドアが開いた。良明がゆきの手を放すと、今度はゆきが、離した良明の手を握り返した。発車のベルが鳴り響いている間、ゆきは良明の手を放そうとはしなかった。やがて乗客の乗降が終了し、ドアが静かに閉じた。そのとき、ゆきはもう一度顔をあげて良明を見つめ、嬉しそうに微笑んだ。列車が荒川の橋の上を通過するとき、良明は言った。

「ごめんね」

しかし、ゆきは小さく首を横に振って、また微笑んだ。列車が大宮に到着すると、二人はホームに降りた。そして、お互いが自宅に戻れるぎりぎりの時間まで、ホームで過ごした。二人は何も話すことなく、手を握ったまま、そっと寄り添っていた。そんな二人の前を次々と列車は通過し、時間は容赦なく過ぎていく。

良明が自宅に戻れる最終電車の時間が迫ってきた。良明は電車に乗り込む寸前に言った。

「もう帰ります。こんな遅い時間なのに、お家まで送ることができなくてごめんなさい」

ゆきが首を横に首を振ると同時に、電車のドアは閉まった。車窓から遠ざかってゆくゆきの微笑む姿に、良明は涙ぐむほどの愛しさを感じていた。

幾歳の　想ひを秘めし　琥珀色
白き胸にて　眩くときめく

良明の高校の演劇部が、市内の女子高の演劇部と合同で、薬害エイズ問題を扱った芝居を上演することになった。良明は、彼らが創作したストーリーを聞いて、芝居を見たときのゆきの反応が何となく想像できるような気がして、観劇に誘うことを躊躇した。だが、どうしても一緒に見たいと思った。良明の誘いに、ゆきはすぐ答えた。

「私が行ってご迷惑でなければ、ぜひご一緒させてください」


その日ゆきは、白いコートの下に真っ白いワンピースという、これまで見せたことのないような、おしゃれな服装に身を固めていた。名前の通りに雪のように白い首には、琥珀のネックレスがかけられていた。

出迎えた駅の改札口で、改めてゆきの美しさに魅せられながら、ワルシャワで琥珀を手にしたとき、ゆきに贈ろうと思うよりも前に「由紀に贈りたかった」という思いを抱いたことを、良明は思い出していた。

「初めてのデートのとき、由紀は今日のゆきと同じような服を着ていた。違うところは、髪の長さと、胸の琥珀くらいかな」

琥珀を見つめている良明の小さな心の動きに気づいたゆきは、何かをうかがうように尋ねた。

「どうかされました……私のこんな格好、似合いませんか？」

「いいえ、とてもきれいなので、つい見とれてしまいました」

「もったいなくて、いただいたときしかつけませんでしたが、今日はしっかりつけさせていただきました。何を言われても、このネックレスだけはお返ししませんからね」

ゆきは琥珀を手に握りしめながら、微笑んだ。

創作に　ただ泣く人を　抱きしめて
熱き思いを　いかに押さえむ

駅の近くで少し早めの夕食をとっている間と、芝居が上演される市民会館までの一〇分ほどの間に、ゆきが初めて訪れたという良明の住む町や、勤めている高校について話した。ゆきは芝居を企画した高校生に強い関心を抱いているらしく、学校の様子についてはとりわけ真剣に聞いているように感じられた。

開演の二〇分前に会館に着くと、ロビーには思っていた以上に人が集まっていた。良明が教えている生徒も、何人もいた。彼らは、ゆきを連れている良明を見て、一様に冷やかすような視線を浴びせた。良明が困惑した表情で応えていると、後ろから育子に肩をたたかれた。良明はゆきを紹介した。

「薬害エイズ訴訟を支える会の藤田さんです」

ゆきはフルネームを名乗ってから微笑み、頭を下げた。育子はとても驚いたような表情でゆきの顔を見つめ、首に良明がワルシャワで買ったネックレスがかかっていることに気づいた。

「山上さんの同僚の広瀬育子です。ゆきさんとおっしゃるんですか」

育子は、次に話す言葉が見つからなくて迷っている良明を避けるように、すぐに離れていった。

二人は会場に入り、並んで座った。


比較的小柄で、どちらもかわいらしい顔をしている高校生の男女が中学生に扮して、血友病の少年とガールフレンドの幼い恋の物語を熱演した。

幼いころから血友病に苦しめられ、少し足を引きずったシャイでおとなしい少年に、お転婆で少しおっちょこちょいというキャラクターの少女が恋をして、積極的にアピールする場面が最初の設定であった。やがて少年も少女を好きになっていき、二人で一緒に受験勉強をしたり、音楽を聴いたりしながら、楽しい時間を過ごしていく。だが、そのころから少年の体調はすぐれなくなり、HIVウィルスに感染し、エイズを発症していることを知らされる。告知を受けた少年は、少女に「もう会わない」と告げるが、少女はしつこく問いただし、少年の口から感染の事実を告白される。

そこで、少女が独白する場面に変わり、動揺し、思い悩む言葉を口にする。それから、しばらく沈黙が続き、少年が独白する場面に変わった。少年は、エイズという病気や、なぜエイズを発症したのかを静かに語る。

場面が再び明るくなると、黙って見つめ合う少年と少女が立っていた。少年が「僕はエイズとともに生きていく」と言うと、少女は「私は、エイズとともに生きていくあなたと一緒に生きていきます」と伝える。しかし、そこで少年が倒れる。

次は、病状が悪化した少年が入院しているシーンであった。食事も一人だけ使い捨ての食器をあてがわれるなど、差別的な扱いを受けている様子が描かれる。そんな少年の病室に毎日、少女は花を持って見舞う。けれど、やがて少年の目は少女の笑顔さえ見ることができなくなってしまう。そして、一言「悔しいよ」という言葉を残して、息を引き取る。少女は、少しずつ安らかになっていく少年の死に顔を抱き、そっと口づけをして、「私は彼を忘れない。忘れることは彼を二度殺してしまうことだから」という言葉を口にする。

そこで舞台は暗転し、問いかけるようなナレーションが流れた。

「この物語はフィクションです。でも、この物語のような悲劇は何度も繰り返されてきたことでしょう。あなたは、かけがえのない人を奪われる悲しみについて、考えたことがありますか？　人は、かけがえのない人と、かけがえのない時間を過ごすために生きています。そのかけがえのない人と時間を、理不尽に奪ってしまう現実があります。この不合理な現実のなかで、あなたはあなたとともに生きる人のために、これからどう生きていきますか？」

それから、幕が静かに下がり始めた。

ゆきは、良明が想像していた以上に、止めどもなく涙を流しながら芝居を見ていた。芝居が終わってからも、その涙は止まることがなく、立ち上がることもできなかった。良明がハンカチを渡すと、ゆきは何も言わずに受け取って、力なく微笑んだ。

やがて、大きな拍手を贈った観客たちが涙を拭きながら席を去っていった。気がつくと、会場には二人だけが取り残されていた。もう一度幕が開き、舞台の上では後片付けが始まったので、良明はやむなくゆきを促した。ゆきは小さくうなずくと、良明が渡したハンカチで、そっと涙を拭いて、もう一度微笑んだ。

二人が外に出ると、会館のまわりはすでに人影もまばらだった。良明は、重そうな足取りで歩んでいるゆきの肩にそっと手をかけ、会館の隣にある公園に誘った。そして、街灯の下のベンチのほうに歩いて行くと、突然ゆきが立ち止まった。

「大丈夫ですか?」

ゆきはすぐに反応して、良明のほうに顔を向けた。その顔は、涙では決して追いつかない深い悲しみのなかで、救いを求めているようであった。そんなゆきの目をじっと見つめた良明は、思わず腕を回して抱きしめていた。腕の中で静かに目を閉じたゆきをじっと見つめていた良明は、胸の中に秘めていた熱い想いを抑えられなくなって、ゆきの唇を求めた。

だが、唇に良明の吐息を感じたゆきは目を開いて悲しそうに微笑み、首を小さく横に振る。その反応に良明が小さく首を縦に振ると、ゆきはもう一度良明の胸に顔をつけ、腕を背中に回した。良明は、ゆきを抱きしめる手にいっそうの力をこめた。

ただ抱き合うだけで、互いに言葉一つも交わすことはなかった。時間は遠慮なく過ぎ、ゆきが東京に戻る最終電車の時間が迫ってきた。

手を振りて　去りゆく人の　温もりを
胸に残して　見送る夜汽車

良明はゆきを駅まで送り、一緒にホームに入った。最終電車がゆっくりと入ってきた。ゆきはかすかな微笑みを浮かべて、良明の目を見た。小さく震えているか細いゆきの姿を見て良明は、ここで引き止めなければ、どこかに行ってしまい、もう会うことができなくなってしまうような気がした。そして、ずっと抱きしめていたゆきの身体の温もりが遠ざかる不安から逃れようとして、もう一度ゆきの肩に触れようとした。しかし、ゆきはそれよりもわずかに早く、電車の中に入った。そして、上げた右の手を小さく振った。電車は二人を引き裂くように、ドアを静かに閉じた。良明は、遠く去ってゆく電車をいつまでも見送っていた……。

故郷を　愛しむ想いを　強く秘め
自由求めて　飛び立つ若人

その翌日は、良明が勤務する高校の卒業式であった。今回の卒業式は例年とは異なり、県知事をはじめ、地元選出の保守系代議士なども参列する予定になっていた。それは、一〇年前の生徒会が「日の丸掲揚・君が代斉唱に反対する決議」を県の教育局に提出して以来、入学式や卒業式などすべてのイベントで、日の丸掲揚と君が代斉唱が一切行われない県内唯一の高校に対して、圧力をかけるためである。

保守系の知事は、選挙の公約に、県内すべての学校で「日の丸掲揚・君が代斉唱」を実施すると謳っていた。当選後は、県下の全小・中・高等学校に日の丸掲揚・君が代斉唱の徹底を指示し、指示に従わなかった学校の実態を報告させていた。その結果、ほぼ一〇〇％の学校が知事の意向に従うようになった。にもかかわらず、掲揚と斉唱を行わない学校が残っていることが、知事は不快でならなかった。

職員会議でも、何度も卒業式での日の丸掲揚・君が代斉唱が議題となり、教師の間でも激しい議論が交わされた。だが、校長はすべての議論を無視し、職務命令として、掲揚と斉唱を決める。その決意の表明は、哀願ともいうくらい悲痛なものであった。

そうした動きを察知した生徒たちは、自主的な集会を開き、アンケートを取りながら、自分たちの主張を綴った文集を発行する。

「愛国心をもてなどと強要する政治家たちに限って、汚職をはじめとして、到底尊敬に値しない行状を繰り返している。こうした政治に信頼を抱くことのできない国民の過半数以上が、選挙で棄権するという惨状を示している。まさに自らを恥ずべき政治家がなすべきことは、愛国心の強要などではなく、愛国心をもつに値する国づくりであろう。『俺を好きになれ！　愛さなかったら、仕返しする！』などど、ストーカーの如く言い寄って、愛を強要する変質者を、いったいどこの誰が愛するであろうか。愛さなければならないのであろうか。

これからの国際化社会に生きていくには、国の象徴に敬意を払い、敬う態度を身につける必要があるなどと為政者たちは言う。しかし、真に国際的な人間を育成していくつもりがあるならば、日の丸・君が代が世界の人たち、なかんずくアジアの人たちにどのように見られているかを、まずは考えるべきであろう。歴史に学ぶことのない者に、将来を展望できるはずはない」

強い主張を書き綴る一方で、生徒たちは反省の言葉も載せていた。

「一〇年前の生徒会が、『日の丸掲揚・君が代斉唱に反対する決議』を出したことに対しても、日の丸・君が代に敬意を抱いていた生徒の意志や自由を抑圧した可能性のあったことを自戒し、反省している。

言うまでもなく、個人の自由な意思こそが、民主主義の基本にある。ただ、自由は、あくまで人間の尊厳を否定しないかぎりにおいてのみ尊重されるものである。しかし、今なおアジアの中では、日の丸・君が代は自分たちの尊厳を否定した象徴として捉えられている。また、今までこの国は、日の丸・君が代の下に蹂躙されてきた人たちに対して、誠意を尽くして謝罪し、十分な償いを行ってはいない。この現状を顧みたとき、日の丸・君が代を尊重することが自由意思の範疇に属するものとは、われわれはどうしても思えない」

生徒たちの主張に対峙して、校長は目を合わせて応えることもできずに、呟くように答えた。

「私は公務員です。だから、日の丸掲揚・君が代斉唱を指示する教育指導要領には従わなければならない……」

無表情に同様の言葉を繰り返す校長に臆することもなく、生徒たちは迫った。

「公務員である教師は、思想信条の自由を保障する憲法の尊重を誓って、教師になったわけでしょ。それなのになぜ、国の最高法規である憲法を蔑ろにして、思想信条の自由を侵害する教育指導要領に従わなければならないのですか。なぜ、自由を侵害する者と闘おうとはしないんですか。

かつて日の丸を押し立て、君が代を歌いながら戦争へと突き進んでいったときも、ここで抵抗すれば、まだ引き返すことができるという、いくつかの分岐点があったはずです。そこで、その時々で闘わなかったために、気がついたらどん底まで落ちていくだけの坂の上に立っていたのではないでしょうか。そして、落ちていく勢いを誰も止められなくなっていたのではないでしょうか。

敗戦後この国の民は、騙されたことを悔やみ、一億総懺悔しました。でも、騙されたことを悔やんだだけで、騙された者としての責任を果たすことはありませんでした。騙された者には、騙された者としての責任があります。その責任を厳しく追及しないかぎり、この国の民はまた何度でも騙されることでしょう。いったい、何度騙されれば気がすむのでしょうか。少しずつ自由を譲り渡していくことは、自分が抑圧される結果を招くだけでなく、今度こそこの国を完全な破滅へと導いていくことでしょう。

もうやめましょうよ。捕まって拷問されるわけでもないのに、理不尽な強制に従うことは」

良明は堂々と主張する生徒たちに拍手を送った。生徒たちの正論に、反論できる教師はいなかったが、校長だけが虚しい言葉を繰り返していた。

「それでも、私は国旗を掲げます」

高らかに　夢語りゆく　若鳥の
羽ばたき強く　すがし風吹く

卒業式当日、来賓の知事や校長たちの前に日の丸が掲げられ、あらかじめ用意された君が代のテープが流された。だが、大多数の生徒は着席したままで、口を開く者はほとんどいなかった。次に校歌の斉唱が始まると、全生徒が一斉に立ち上がって、大きな声で歌った。その光景を目にした知事たちは皆、苦々しい顔をした。来賓の挨拶になると、知事は、愛校心・愛国心の大切さを訴える文章を棒読みした。

「伝統のある本校で大いに学び、国家にとって有為な人材として育ってほしい」

そう締めくくった挨拶を冷ややかに聞いていた生徒の代表が、卒業式で日の丸掲揚・君が代斉唱の機会を提供する代わりに読み上げることを学校側に認めさせた、言葉を述べる番になった。

「われわれは本校の自由と自治の精神を尊ぶ気風のなかで学べることを、何より誇りに思ってきた。自由とは、自らの意志で自分の人生を選択し、自治とは自分の選択に責任をもって、誇り高く自らのかけがえのない人生を全うすることである。

かつてこの国は、日の丸・君が代を押し立てて、アジアの国々を侵略し、数知れない人びとを虐殺してきた。同胞も三〇〇万余の兵士と、広島・長崎をはじめとして、おびただしい犠牲者を出した。この歴史を振り返って、日本という国の醜悪さを思い知るのは、戦死者の半数以上が華々しい戦闘で名誉の戦死を遂げたのではなく、餓死したという事実である。戦線を拡大させすぎたために、食糧の補給路が絶たれたという事情があったにせよ、日本軍の食糧は現地調達に多くを負っていた。このため各地で日本軍は食糧を収奪し、それに抵抗する住民を虐殺することを余儀なくされた。それでもなお、数知れぬ兵士を餓死させたという事実は、この国が国民を一銭五厘のハガキよりもはるかに軽いものとしか見ていなかったことを明確に示している。

さらに旧満州では、ソ連軍の侵攻を知った高級官僚や軍人は、ひたすら愛国心を鼓舞してきた一般市民の生命・財産を守ることなく、平然と見捨て、我先にと逃げ出した。国体という、誰も内容を説明することすらできないものを護持するために、敗戦の決定は遅れ、銃後の民もまた空襲・空爆によって、幾知れぬ犠牲を強いられた。

敗戦後、残念ながらこの国では、このような醜悪な戦争の責任者を追及し、糾弾することもなく、日の丸・君が代をも引き継いだ。そして、戦後に引き継がれた無責任体制は、水俣病や薬害エイズをはじめとするさまざまな国家犯罪を繰り返させ、数知れぬ無辜なる民の生命を奪い続けてきた。それでもなお為政者や官僚は、誰ひとりとして国家による犯罪行為の責任を負うことがなかった。この国の無責任体制を問いたださないかぎり、責任のある者にしっかりと責任を負わせないかぎり、この国の民はこれからも何度でも殺されるだろう。いや、今度こそこの国は亡びてしまうであろう。

先の大戦では、国が破れてもまだ麗しい山河が残った。しかし、現在国策として推進されている原子力発電所がもし大事故を起こせば、この国の民は緑なす山河をも失ってしまうであろう。

はるかに見える秩父の山々も、町の南をゆっくりと流れる荒川も、われわれは愛しいと思う。強い愛郷心を抱いていればこそ、この国をもっと緑濃い麗しき国にしたいと願っているからこそ、愛するに値しない国への愛を強要されることを、われわれは断固拒否する。そして、一人ひとりの人間が尊重され、心豊かに過ごすことのできる、真に愛するに値する国を創っていくためにこそ、われわれは学び、働こうと思っている。

だから、理にかなわない強制には絶対に屈しないし、またそれを断固として認めない」

その言葉を聞いて、良明も育子も目に涙を浮かべながら拍手を送った。大多数の教師や保護者、生徒のほとんどが、大きな拍手を贈り始めた。知事たちは不快な表情を隠そうともせずに、席をけって去って行った。会場の拍手は、その後もしばらく鳴りやむことはなかった。

帰りても　待つ人のなき　宴にて
　辞する訳なく　盃を傾む

教師全員と来賓や保護者役員による卒業式を祝う宴は、その夜市内の一番大きな料亭を借り切って行われた。だが、式での生徒たちの行動に不快の念を抱いた者の多くは現れず、出席した者も早々に引き揚げていく。校長は盛り上がりの欠ける宴会の席に、なぜかすっきりした顔をして座っていた。

中締めになって、教師以外の人間がすべて帰ると、校長がビールと徳利を持って回り始めた。そして、良明と育子が並んで座っている席の前に来ると、ほっとしたような顔をして微笑んだ。

「広瀬先生。私も今年の卒業生と一緒に退職します。だから、その前に行われるこの卒業式だけは波風を立ててほしくなかった。それで、職員会議でも、あなたたちの意見を無視してきたし、あなたたちを本当に困った人たちだと思っていました。しかし、今日生徒たちの堂々とした態度を見ていて、いかに自分が保身しか考えていなかったかを思い知らされました。

生徒たちはもう、立派なおとなですね。彼らにとても大切なものを教えられた気がします。彼らにかかわりあえたことで、今は何かとても得をした気分です。知事は帰り際に『とても生意気な餓鬼どもで、校長も大変ですな。まあ、若者は元気すぎるくらいで、ちょうどいいのかもしれませんがね。ともかく、ご苦労様でした』と、言って帰っていきました。恥ずかしながら私は、その言葉を聞いてほっとしてしまいました。だから、今度は『ご苦労様』という言葉はあなたたちにお渡しします。そして、本当にありがとうございました。あとわずかですが、三月一杯よろしくお願いします」

校長は、深々と頭を下げた。

「校長……こちらこそよろしくお願いいたします」

育子も頭を下げると、校長は良明に向かって言った。

「山上先生、私はあなたの奥さんやお子さんがお元気だったころ、あなたは山上憶良のような人だと思っていました。あなたは弱い者、貧しい者に対して、いつも優しい目をしておられた。そして、『白銀も黄金も玉も何せむに勝れる宝子にしかめやも』と、お子さんを溺愛され、宴会の席では、「憶良らは今は罷《まか》らむ子泣くらむそれその母も我を待つらむぞ」とばかりに、いつも一番早く帰って行かれました。それがあんなふうにお二人とも亡くなられてしまって……。

あのころ私は、あなたはお二人の後を追ってしまうのではないかと、ずっと案じていました。そして、『世間を憂しとやさしと思えども飛び立ちかねつ鳥にしあらねば』とばかりに、ただ苦しんでおられるご様子を、身を切られる思いで見ていました。あれからもう五年になりますか……。でも、先生は最近とても元気になられたような気がして安堵していました。そして、もしかしたら広瀬先生とご結婚されるのかなと、ずっと思っていたのですが……」

校長の言葉を慌てて育子が遮った。

「校長！」

「あ、すいません。つい余計なことを言いまして。ま、少し飲みすぎましたかね。また、ちょっと回ってきます」

校長は、バツの悪そうな顔をして二人の席から離れていった。

幾知れぬ　教え給ひし　賢姉に
幸あれかしと　ただ頭を垂る

宴会がお開きになると、帰る方向が同じ良明と育子は、いつしか二人だけになっていた。すっかり寝静まった深夜の街に、二人の靴音だけが静かに響く。二人は言葉少なにその音を聞きながら、ゆっくりと歩いた。そして、育子の家の前の公園に差し掛かると、育子は話を始めた。

「今日はとてもいい気分だから、今までどうしても言えなかったことをみんな言っちゃおうかな。聞いていただけます？　山上先生」

良明には、その眼にうっすらと涙がにじんでいるように見えた。

「校長が言っていたように、私もあなたを山上憶良だと思っていました。私はずっと、憶良の歌のようにあなたに愛されている由紀さんを羨ましいと思っていました。自分もあんなふうに、あなたに愛されたいと願っていました。

だから私は、あのときあなたに声をかけて、立ち話をしていたあの一瞬、私は由紀さんからあなたを奪ったような気になっていました。でも、その一瞬が、本当にあなたから由紀さんを奪ってしまう結果を招いてしまいました。もしあのとき、私があなたに声をかけていなかったら、きっと由紀さんも響子ちゃんも亡くなるようなことはなかったのでしょうね……。私はあのとき、自分はなんて罪深い女なのだろうと思いました。あれ以来、重い罪の意識から逃れることができません。そんな原罪を背負って生きてきた私は、あなたへの思いを決して口にしてはならないと思ってきました。

でも、足尾に行ってから少しずつ明るくなってきたあなたを見ているうちに、由紀さん以外には誰も住むことができないと思っていたあなたの心の中に、誰か他の人が住み始めたのではないかと思いました。昨夜、ゆきさんにお会いしたとき、すぐにこの人がその人なのだと直感しました。もしかしたら彼女とは、足尾で初めて会ったのではないですか？」

「ええ」

良明は首を縦に振った。

「やはり、そうでしたか。彼女は、由紀さんにとてもよく似ていますね。もし私が、あなたに足尾に行くことを勧めてさえいなければ、あなたが彼女にめぐり会うことはなかったのかもしれませんよね。またしても私は、余計なことをしてしまったようです。ただ、それでもやはり、ゆきさんはあなたの心の中に住み続けることはできないような気がします。結局あなたの心の中には、由紀さん以外の女性が住むことはできないのだと、私は思います。そうあってほしいと思っています。それは私のエゴなのでしょうね。あなたに、自分が決して受け入れられることはないとわかっているから、敢えて今日は言わせていただきます。あなたのことが好きです。という言葉を」

ゆきのことにふれられ、姉のように思っていた育子から告白された良明は、たじろいだ。しかし、育子は少しも気に留めるそぶりもなく、しばらく間をおいて続けた。

「突然変なことを言い出して、ごめんなさい。でも、私のことは気にしないでください。私も校長と一緒に三月一杯で、学校を辞めます。辞めて京都に戻り、高田さんたちと一緒に有機農業にかかわっていきます。そして、誰かいい人がいたら、農家のお嫁さんになって、土を耕して生きようと思っています。それが一番自分に素直な生き方ができる選択のような気がします。それでいいのだと、私は思います。ただ、あなたのすぐそばで暮らせたこの年月を私は忘れることはありません。本当にありがとうございました。あなたは、ここでもう少し頑張ってください」

育子は静かに頭を下げた。

そして再び、顔をあげると、「おやすみなさい」と言って駆け出した。

良明は、自分に対する育子の気持ちをまったく感じていなかったわけではない。

「再婚するなら、この人かな……」

漠然と思うことも一度ならずあった。だが、育子が由紀の死に罪の意識を感じていたように、良明の心の中にも育子との再婚は許されないという思いが宿っていた。その思いが、敬愛から思慕へと感情を高めていくことを否定していた。

何より良明にとって、育子は姉のような存在であった。いつもそばにいて、灯台のように道筋を示してくれる賢い姉に、強い尊敬の念を抱いていた。その賢い姉には、すべてを見透かされていた。育子の勘の良さに驚嘆しながら、彼女が家の中に入っていく後ろ姿をぼんやりと眺め、頭を下げて言った。

「ありがとうございました」

生くる場を　求め飛び立つ　人見つも
鳥にしあらぬ　我は我が場に

良明がアパートに戻ってきたとき、時計は一二時をはるかに回っていた。玄関脇の郵便受けに、一通の分厚い封書が入っていた。それは、初めてゆきから送られてきた、最後の手紙であった。部屋に戻って明かりをつけると、すぐに封を切った。

昨夜あなたに抱きしめられてから家まで戻ってくる間に、私は決心しました。本当は直接あなたに会ってお話したかったのですが、あなたの顔を見ながら話せばきっと何も言えなくなって、今の気持ちが変わってしまうような気がします。だから、手紙を書いて、お届けすることにしました。

もうあなたには、すべてのことをお察しいただいていると思いますが、今日ご一緒に見させていただいたお芝居は、私が経験したことをそのまま再現していました。

四年前、私は愛する人を亡くしました。いいえ、殺されてしまいました。私の愛した人は、血友病を背負ってこの世に生まれてきました。そのために、幼いころからちょっとした切り傷でも出血が止まらなくなり、とても大変な思いをしながら育ったようです。よく膝のあたりで内出血を起こし、足がパンパンに腫れてしまうこともあったようです。そんなことを何度も繰り返しているうちに、彼は少し足を引きずって歩くようになっていました。

「小さいときは暴れまわって怪我ばかりしていたので、いつも両親には心配ばかりかけてきた」

と彼はよく言っていました。彼の父親も、

「この子は寝ているとき、痛む足をさすってくれとばかりに、私のほうに足を投げ出した。私はうとうとしながらも、一晩中さすった。でも、その間中この子の上半身は、母親にしっかりはりついていた。どんなに努力しても、父親は絶対に母親にはかなわない。男はつまらないですよ」

などと言いながら、彼が小学校に入るまでおっぱいを飲んでいたことなどを教えてくれました。

彼の父親は、母乳こそあげることはできませんでしたが、自分の血液を何度も何度も、貧血を起こしても輸血していたようです。だから、彼は、

「俺の身体は、おふくろのおっぱいと、親父の血でできている」

と言っていました。彼は本当に優しいご両親に、大切に育てられた人でした。そんなふうに育て

られた彼は、とても優しくて、純真で、子どもの心のままに大きくなったような人でした。そんな彼の傍にいるだけで、私はとても暖かい心持ちになれました。だから、この人とずっと生きていこうと心に決めていました。彼もきっと、私と同じ気持ちでいてくれると信じていました。

でも、ある日突然、彼は「もう会わない」という、とても信じられない言葉を口にしました。私は驚いて、急にそんな言葉を言い出した訳を尋ねました。でも、彼はとても苦しそうな顔をするだけで、何も答えてくれませんでした。私はそんな彼に、

「私が嫌いになったの。他に好きな人でもできたの。そんなこと絶対にないわよね」

と食い下がって聞きました。すると、彼は目をつぶって、

「ああ、そうだよ。他に好きな人ができた。だから俺のことはもう忘れてくれ」

と冷たく言い放ちました。私はその言葉を聞いて、一瞬目の前が真っ暗になってしまいました。

「嘘だ。絶対に嘘だ。彼が私を裏切るはずはない」

と心の中で叫んでいました。これは悪い冗談だ、夢なんだと思いました。でも、彼は一度言った言葉を取り消すことはありませんでした。それでも、これには何かきっと訳があるはずだという思いをぬぐいさることができずに、何度も彼を訪ねました。何度も電話を掛けました。でも、彼は何も答えてくれず、会ってさえくれなくなりました。とても辛そうな表情をしていた彼の両親にも、

「もう、うちの息子に付きまとわないでください」

と言われました。それ以来、しだいに私の心の中にあきらめの気持ちが支配するようになりました。私も若かったのです。彼の心の痛みに思い至ることができなかったのです。

彼の本当の気持ちも知らずに、彼を失ってしまったと思い込んだ私は、何もかも嫌になり、半年後に勤めていた会社を辞めました。そして、両親の反対を押し切って、一人でインドに出かけました。なぜインドに足を向けたのか、自分でもよくわかりません。ただ、昔から憧れを抱いていたインドに行けば、何か救いになるものが見つかる気がしていたのだと思います。

そんな私の甘い思いを、インドは優しく受け入れてくれました。私は日本人の観光客などまったくいない、田舎ばかりを歩き回りました。そこでは、日本では信じられないくらい貧しい人びとの生活が営まれていました。褐色の大地、色のついた飲料水、熱風のような風。そんななかでも、人びとは明るく、逞しく、支え合って生きていました。電気もない村では、夜になると本当に真っ暗でしたが、びっくりするほどたくさんの星がきらめいていました。あの星の輝きを、子どもたちの底抜けに明るい笑顔を、私は今でも忘れることができません。

宿が見つからずに、路上で一夜を明かしたこともありました。あんな無茶苦茶なことをしていて、よく盗難にも遭わず、無事でいられたと、自分でも呆れます。きっと、いつ死んでもいいと思っていたから、かえって殺されるようなこともなかったのでしょうね。

でも、さすがに身体がついていけなくなり、凄まじい下痢を伴った伝染病に罹り、倒れてしまいました。何日かインドの病院で過ごした後、私は日本に返されました。高熱に苦しみながら、「これで死ぬことができる。やっと彼のことを忘れることができる。楽になれる」

そう思いました。でも、結局私は、死なせてもらえませんでした。

都立病院にしばらく入院した後、退院して自宅に戻りました。ところが、家に帰ると、違う伝染病にも感染していたことがわかって、すぐにまた病院に戻されました。そのときは家の中ばかりでなく、家のまわりにも消毒薬が撒かれ、家族や近所にも大変な迷惑をかけてしまいました。家族にもすっかりあきれられた私は、さらに二週間ほど入院してから、二度目の退院の日を迎えました。

その日のことでした。久しぶりに彼の姿を見かけたのは……。

病院の会計で順番を待っているとき、同じように順番を待つ彼の姿に、私は気づきました。私が一瞬、

「彼だ。彼がいる」

と思ったとき、彼も私に気づきました。彼は、別れてから一年も経っていないのに、見る影もなく痩せ細り、以前とは別人のような暗い表情をしていました。私が思わず彼の傍に近づこうとすると、彼は逃げるように、病院の玄関に向かって走り出し、私はその後を追いました。玄関を出て、駐車場のほうに足を引きずりながら走っていった彼は、すぐに転んでしまいました。私は慌てて駆け寄り、彼を抱き起こそうとしました。そのとき彼は、

「触るな。俺はエイズだ。エイズを発症している。だから俺に近づかないでくれ。頼む」

そう言って、泣き崩れました。私はその一言で、彼が私から離れていった理由のすべてがわかりました。血友病の彼は治療に用いられた血液製剤のためにＨＩＶウィルスに感染させられ、エイズを発症していたのです。そのころ、血友病患者の間にそうした悲劇が起きていることを、私もまったく知らなかったわけではありません。でも、最愛の彼をそんな悲劇が襲っているとは夢にも思いませんでした。いえ、本当は事実を知ることが怖くて、余計な情報は入れないように、何も聞かないようにしていたのです。考えないようにしていたのです。

彼は、自分のことよりも、いつも他人のことを先に考える、本当に心の優しい人でした。だから、自分がＨＩＶウィルスに感染させられたことを知ったとき、その事実を隠して、私に別れを告げたのです。伝染病に罹ったために、家中を消毒されて、隣近所からまるで黴菌を見るように白い目を向けられた体験をしたばかりの私には、エイズ患者への差別を恐れ、そして何より私を差別の標的にさせないために、心を配ってくれた彼の気持ちが、痛いほどわかりました。高熱にうなされ、死の淵を覗く体験をしたばかりの私には、死の病に取りつかれた恐怖に脅えながら、それでも私を冷たく突き放した彼の気持ちが、悲しいほど愛しく感じられました。

彼が私に別れの言葉を口にしたころ、彼の病気仲間は、医師からＨＩＶウィルスの感染を知らされなかったために、奥さんをＨＩＶウィルスに感染させてしまったそうです。そんな悲劇を知った直後に、自分も感染していることを知らされた彼は、すぐに私との別れを決心したのです。

彼は私を、とても大切にしてくれました。そんな彼なら、私はＨＩＶウィルスをうつされてもいいと思いました。どんなことがあっても、彼と一緒に生きていたいとも、彼と一緒に死にたいとも思いました。そんな私の気持ちをまったく考えないで、自分一人だけ苦しんだ彼を、私は恨みました。彼の本心を気づくことができなかった自分の愚かさを、私は恨みました。

そして、それから私はいくら拒絶されても、彼に付き添うようになりました。けれど、私が彼の痛む身体をいくらさすっても、彼は私の手を握ってくれることさえありませんでした。そして、サイトメガロウィルスが目に入ったために、最後は私の顔も見えなくなってしまった目に一杯の涙を溜めて、

「悔しいよ！」

と一言、あの芝居の台詞どおりに、心の底から絞り出すような言葉を残して、一人で旅立ってしまいました。

その三日後、彼の父親が後を追いましたが……。

「俺の血を一滴残らず輸血し続けていれば、こんな病気になることはなかったのに」

彼の父親は、彼が危篤に陥ると、まわりで見ているのが辛くなるくらいに自分を激しく責め、悔み、嘆いていました。食事も睡眠も、ほとんどとらなくなり、彼よりも先にまいってしまうのではないかと、誰もが心配するほどでした。でも、私は彼が息を引き取ると、彼の死を認めたくないという思いと、ただ死にたいという思いで、彼の父親のことなど考えずに姿を消し、足尾に行きまし

た。そして、彼が亡くなってから三日経った日、私はあなたとお別れして東京に戻り、彼の葬儀会場に向かいました。

生きて帰ってきた私の姿を見ると、彼の母親はすぐに私を抱きしめて、泣き出し、その朝、彼の父親が彼の棺に身を寄せて、眠るように亡くなっていたことを教えてくれました。

「あの人は、昨日の夕方、少しの間うたた寝をしてから目を覚ますと、『あの子によく似た人が、ゆきちゃんを連れ戻してくれた。明日、ゆきちゃんは帰ってくる。これで俺は安心してあの子と一緒にいける』と突然言い出したの。あの人はあなたが自殺するのではないかと心配で、死ぬこともできなかったみたい。でも、あなたが無事に帰ってくる夢を見たら、安心したみたい。あなたが生きていてくれて本当によかった。あなたにまでもしものことがあったら、私もとても生きてはいられない」

そう言って、ただ泣き続けました。私は、自分が姿を消したことが彼の両親にどれほど心配をかけたのかを初めて知らされ、そのことが彼の父親の死を早めたのではないかと、悔やみました。でも、彼の母親は、優しくこう言って、私をさらに強く抱きしめてくれたのです。

「あなたのせいじゃないの。あの人にとって、あの子は自分の分身というよりも、あの人の生命そのものだった。だから、あの子がいなくなったら、あの人も一緒に消えてしまったの。ただ、あなたのことが心配でたまらなかったから、あの子が死んでから三日間、少し長く生きていたの」

両親に深く愛された彼は、死の瞬間まで病気と必死で闘いました。その病気を作り出した世の中の不条理を糺《ただ》そうとして、国に異議を申し立てました。でも、彼を失った瞬間、私に彼の遺志を引き継ぐ気力は残っていませんでした。ただ、「彼の後を追いたい」とだけ考えました。彼を殺した非情な世の中など「一日でも早く滅んでしまえ！」と、心の底から呪いました。

あの日私が足尾に向かったのは、いつか彼が言った言葉を覚えていたからです。

「足尾には人間が滅んだ後の、何もなくなった世界がある」

私は何もなくなった世界を見て、人の世が滅びることを想像しながら、消えようと思っていました。あの禿げ山の尽きるところで、自分の生命の灯を消したいと思っていました。でも、その手前で、私はあなたの後ろ姿を見たのです。あのとき、私は一瞬、彼が自分の前を歩いているような錯覚に陥りました。あなたの後ろ姿が、彼にとても似ていたからです。

「天国に行ったら、足を引きずるような歩き方はしなくなったのね」

などと、彼の好きだった新見南吉の童話を思い出しながら、私と一緒に旅立つために彼が前を歩いているのだと思いました。だから、彼に追いつこうと思って、一緒に逝こうと思って、あなたの後を追いました。でも、なかなか追いつけず、錯覚が錯覚でしかないことに気づかされます。そして、松木の谷のお墓の前で、私はあなたにお会いしました。

初めてお会いしたあなたは、後ろ姿ばかりでなく、顔も、雰囲気も、話し方も、彼にとても似ていると思いました。私はあなたに彼と同じ優しさを感じ、あなたのまなざしの中に、私と同じ悲し

みを見ました。そのまなざしが、

「もう一度生きてみようよ」

と言っているように感じました。

それから私は、薬害エイズ訴訟の原告であった彼の遺志を引き継ぎ、彼の母親と一緒に裁判を見守ってきました。二度目の偶然であなたと裁判所でお会いした日は、体調を崩した彼女に「せっかくあの子の友だちが証言するんだから、ゆきちゃんだけでも聞いてきて、お願い」と言われて、傍聴席に駆け込んだのです。その法廷で、まさかまたあなたとお会いできるとは……。何か言い知れぬ運命を感じてしまいました。

そう、それは本当に運命だったのでしょうね。あなたに初めて会ったあの日、山の中で会った老人が「私の聞きたがっている魂の叫びが、あなたの魂の中に宿っている」と言った言葉の意味が、今ではよくわかる気がします。あなたの心の中に燃えているこの世の不条理に対する怒りと、生命を慈しむ優しさが、私にも宿っていることを教えたかったのでしょうね。

厚生大臣が彼と彼の父親の遺骨に謝ってくれた夜、彼の母親から言われました。

「ゆきちゃん、明日二人の骨を土に戻すから、付き合ってね。大臣が謝ったくらいで二人が浮かばれるとは思わないけれど、もうそろそろお墓に入れてあげないと、かわいそうだもの。

本当は私の骨も、あなたにいつか、私が愛した草野光雄と、原告番号一六番ではない、私のかけがえのない息子草野善明の墓に、一緒に葬ってほしいと思っていたわ。だけど、明日一緒に二人の骨を埋めたら、あなたとはもう会わないことに決めたの。あなたはまだ若いんだから、あの子のことはもう忘れて、誰かいい人と一緒に幸せになってね。でないと、私があの子の傍に行ったとき、怒られちゃうから。あなたなら、よくわかるでしょ。あなたが幸せになれなかったら、私があの子にどんなに怒られてしまうか。もう充分よ。充分。

あなたは前から本当に可愛い娘だと思っていたけど、最近とてもきれいになってきた。もしかしたら、もういい人がいるんじゃないの。だったら、何も遠慮することなんかないのよ。私たち三人は、あなたが幸せになれるように、ずっと応援しているんだから」

その言葉を聞いて、私はとても気持ちが軽くなりました。もちろん、彼の母親に頼まれて裁判の手伝いをしてきたわけではありません。彼の代わりに母親に付き添うことが、自分の義務と感じていたわけでもありません。ただ、彼の気持ちが少しでも晴れたかなと思った瞬間、自分の役割が一つ果たせた気がしたのです。彼の母親から「もう充分」と言われたとき、本当にもう充分なのかもしれないと思いました。そう思い、私はあなたのことを話しました。するとお母さんは、

「あなたは、そんなにあの子のことを思っていてくれたの。それなのに、ごめんね。あんな身体に、あの子を産んでしまって」

そう言って、もう一度泣きました。私が好きになったあなたが、彼によく似ているだけでなく、名前まで同じだということがとても嬉しく、そして、たまらなく悲しかったようです。その姿を見

ていて、私は続けました。

「もう一人の良明さんから『女性の胎内に宿った小さな生命の半分以上が、産声を上げる力がないために自然に流れてしまう。でも、この世に生を受けた人たちも、遺伝子にまったくに傷のない人はいない。それでも人が生まれてくるのは、強い生命力と、生まれたいという強い意志と、生まれてきてほしいという親の強い願いがあるからだ』という話を聞きました。善明さんからも、『もし俺の親があの二人でなかったら、俺は血友病ではなかったかもしれない。だけど、もう一度生まれかわっても、俺はまたあの両親の子どもとして生まれてきたい。たとえまた血友病であっても……』と言っていました。善明さんは本当に強く、優しい人でした。あんなすばらしい人を産んで、育ててくださったお母さんを、私は第二の母だと思っています」

その言葉に、彼女は涙をぽろぽろ流して、

「ありがとう」

と一言言ってから、私の手を強く握りしめ、

「本当に幸せになってね」

と何度も言ってくれました。その言葉を聞きながら、あなたのことを話して本当によかったと思いました。そして、

「もしあなたが私を必要としてくれるなら、二人で幸せになりたい」

と心の底から思いました。

だから、その翌日電車の中で、あなたに初めて私の手を握っていただいたとき、心に決めました。
「この人と一緒に生きていこう」

でも、今日あなたと一緒に芝居を見て私は、彼が息を引き取った後に初めて触れた、彼の冷たい唇を思い出してしまいました。だから、あなたから唇を求められたとき、思わず首を横に振ってしまいました。そのときの私の気持ちをあなたはすぐにわかって、大切にしてくださいましたね。そして、ずっと私を抱きしめていてくださいました。

それなのに、最終電車の時間になると、ちゃんと私を駅まで送ってくださいました。あのとき、あなたは、由紀さんと暮らしたお部屋には誰も他の女性を入れることのできない人なのだと知ってしまいました。

そのことを、恨みに思う気持ちはありません。あなたと過ごしたいくばくかの時は、今思い返しても、私にはとても楽しい、幸せな時間でした。もし、あなたの心の中に今も生きている由紀さんがいなくて、私の中に彼が生きていなければ、私は何の躊躇もなく、あなたの胸に飛び込んでいたでしょう。でも、そうして得られる幸せよりも、あなたの中の由紀さんと今でもともに生きているあなたを、私は大切にしたいと思います。私の心の中に生きている彼を、いつまでも忘れずにいたいと思います。その思いこそが私をあなたに引き会わせてくれたということに、私は感謝して生きていきたいと思っています。

あなたがとても彼に似ていたので、初めてお会いしてから二年近く経っていたのに、私はすぐあなたに気がつきました。だから法廷で、黙って隣の席に座らせていただきました。

彼にとても似ていると思ったあなたを、私は愛してしまいました。でも、彼に似ていると思ってあなたを愛した私を、私はだんだん許せなくなってしまいました。彼とあなたは違う、あなたそのものをもっと強く愛したい、と思うようになりました。そう思っているうちに、あなたは彼よりも、むしろ私によく似ていることに気がつきました。だから、私はあなたから遠く離れて生きていこうと決心しました。

私は、いつかきっと、あなたの心の中にいつまでも由紀さんが生きていることに耐えられなくなるような気がします。愛すれば愛するほど、あなたの中に由紀さんがいることに、不満を抱いてしまうような気がしてなりません。そんな自分を、私は恐れます。「悔しい」という言葉を残して逝った彼の悲しみを、私は忘れることができません。そんな私は、いつかあなたに嫌われるのではないかと、恐れてもいます。

私は、二度と愛する人を失いたくはありません。愛する人に不満を抱き、いくら嫉妬しても、愛する人がそばにいてさえくれれば、いえ、生きていてさえくれればどんなに幸せなのかを、私はよく知っているつもりです。でも、もし嫉妬のあまりお互いを憎しみ合うようになったら、その結果愛する人を失うことになったら、嫉妬する自分を許せなくなったらと思うと、私は前に進むことができなくなりました。だから、もっとあなたを好きになってしまう前に、お別れしようと決心しました。

以前、私の両親が水俣で育ったことはお話しましたね。薬害エイズと同様に、患者さんたちは地元の人たちからも差別され、赤貧を洗うような生活に耐えてきました。そんな人たちのなかに、「水俣病になってよかった。おかげで、人間にとって何が本当に大切なのかわかった」と言った人がいると、父から聞いたことがあります。父はその人のなかに「神を見た」と言っていました。あなたからも遊水池で、「田中正造は谷中村の人たちのなかに神を見た」というお話を聞かせていただきました。私も、薬害エイズの被害者のなかに神を見ます。

これからも、力のない弱い民衆は何度でも騙され、何度でも殺されてしまうでしょう。何度でも同じ過ちを繰り返しているうちに、この世のすべてが廃墟となり、人間という生き物は、この世から消えてしまうのかもしれません。そして、最初に滅ぶのが、過ちに学ぶことも懲りることもなく、何度でも同じ過ちを繰り返している、この日本という国なのかもしれません。

でも、あの芝居を演じたあなたの生徒さんたちのような若者がいるかぎり、厚生省を取り囲んだ若者たちがいるかぎり、まだ絶望することはないと私は信じています。

死んだ人は永遠です。その重さに、私は勝てそうはありません。だから、その永遠なる人にちょっぴり意地悪するようなつもりで、あなたに対する温かな思いを抱いて、これから私は一人で生きていこうと思います。

せめて、もう一度あの禿げ山の果てにある緑豊かな世界を、あなたと見てみたい。緑豊かな山間であなたと畑を耕し、炭を焼いたりするような生活が送れたら、どんなに幸せだろう。今でも、そう思います。そんな未練の思いをたくさん抱いて、私はあなたが行かれたタイに行きます。そこでエイズのために親を亡くした子どもたちを引き取り、畑仕事をしながら暮らしている日本人女性がいます。私は彼女を手伝って、エイズとともに生きる子どもたちと、ともに生きようと思っていきます。その子どもたちのなかに、私の神を見つけたいと思っています。

私に何ができるのかわかりません。きっと何もできないでしょう。でも、今私はそんなことをして生きていきたいと思っています。

あなたにお会いすることができて本当によかった。あなたに抱きしめられた昨夜の一瞬を、あなたの温かさを、私は一生忘れません。

さようなら。お元気で。

藤田ゆき

山上良明様

良明は、初めてゆきと出会った足尾の山の奥の光景と、楽しそうに語りかけてきたゆきの表情を思い浮かべながら、涙のにじんでいる手紙を読んだ。そこには、ゆきがこれまで歩んできたであろうと推測していたとおりのことが書かれていた。そして、昨夜ゆきを駅まで送ったときに感じたとおり、別離の言葉で締めくくられていた。良明はその手紙を読んで、それまで以上にゆきを愛しいと思った。

そう思った次の瞬間、まだ夜の明けぬ町に飛び出し、上りの一番電車に乗るために駆け出している自分の姿が頭に浮かんだ。

だが、現実に良明が走り出すことはなかった。

昨夜ゆきを抱きしめたとき、良明はずっとそのまま時が止まってほしいと思った。ゆきを離したくない。帰したくないと思った。

しかし、そのままゆきを、由紀との愛を育んだ部屋に連れて帰ることは、どうしてもできなかった。

生徒たちから芝居のストーリーを聞いたときも、良明はゆきを誘うことにためらいを覚えた。それは、芝居を見たときのゆきの反応が容易に想像でき、もう会えなくなるような予感がしたからであった。そして、「忘れることは二度殺してしまうことだから」という言葉が、そのまま自分に突き付けられているような気がしていたからである……。

ゆきが芝居を見て、冷たくなった唇に触れたときのことを思い出していたとき、良明もまた冷たくなった由紀の唇に最後に触れたときの感触を思い出していた。その切ない思いを忘れようとして、良明はゆきの唇を求めた。だが、ゆきから口づけを拒否されたとき、ゆきが由紀ではないことに気づき、由紀を重ねて想うことができないことを知ってしまった。たとえ名前が同じでも、いくら顔形が似ていても、どんなに生き方に共感を覚えても、どんなに愛しいと思っても、ゆきはかけがえのない由紀ではないということに気づいてしまった。「かけがえのない」という存在は、決して代えることのできない存在である。良明にとってかけがえのない存在とは、由紀以外の誰でもないということを改めて知らされてしまった。

ゆきに出会ってから、良明はゆきを愛することで、少しずつ由紀のことを忘れられるような気がしていた。忘れることのできない由紀を、心の中の「開かずの間」にそっと秘めて、ゆきとの愛を育んでいこうと思ったこともあった。だが、由紀によく似ているゆきに会うたびに、由紀への想いが甦っていく悲しみに、良明はしだいに耐えられなくなっていた。由紀が生きている間も「今日限りの命ともがな」とばかりに、悔いのない愛し方をしたつもりでいた。しかし、死んでどんなに歳月が経とうとも、由紀をもっと愛したいという強い想いが、少しも萎えていくことはなかった。

ゆきの言うとおりに、良明はゆきが自分にとても似ていると思った。だから二人は、お互いの心の小さな揺らめきまで、すべてわかるのだろう。そして、いつの日か、愛した人をずっと心に秘めていることに嫉妬するよりも、嫉妬する自分を許せなくなる気もした。だから、自分の生きる場を求めて歩き出そうとしているゆきに、「さようなら」の言葉で応えようと思った。死んでしまった由紀を今でも愛し続けているように、今を必死で生きていこうとしているゆきに、遠くから熱い想いを寄せて見守っていこうと思った。

人は誰もが、何かと共にある誰かと共に過ごし、いつか必ず一人で死んでいく。だからこそ、共に生きた人との一瞬のきらめきが、共に生きた人が、かけがえのないものになるのだ。かけがえのない人がどれほど大切なものなのか、その存在を失うということがどれほど重いものなのかを、改めて良明はわかったような気がした。そして、「かけがえのない」ということの意味を良明に知らせる役割をもって、由紀と響子はこの世に生を受け、その役割を終えて旅立っていったのだろうと思った。

だから良明は、自分の役割は、由紀と響子が教えてくれた「かけがえのない」ということの意味を、しっかりとかみしめることだと思った。かけがえのない生命を奪う、この世の不条理を糺していくことだと思った。そして、その役割が少しでも果たせたとき、由紀が、

「もう充分よ。お疲れ様」

と呼んでくれるような気がして、呟いた。

「由紀、君はそちらの世界で、止まった時間を過ごしているのだろうか。それとも、宇宙ができ

てから君が誕生した一五〇億年の時間を、ゆっくりと遡っているのだろうか。一五〇億年の時間を経て生まれてきた人間が、この世で過ごせる時間は、あまりにも短い。だから、僕が君に追いついていくまで、それほど待たせることはないと思う。君が僕をそちらの世界に呼んでくれたとき、すぐ君のことがわかるように、あのとき行こうと思っていた足尾の禿げ山の果てるところで、響子と一緒に待っていてほしい」

その言葉に、由紀がすぐに応えてくれたような気がした。

「一晩で、二人の女性に振られてしまうなんて、かわいそうに。しかたがないから、ずっとあそこで待っててあげるね。だから、ゆっくり追いかけてきて。良明さん」

優しく微笑む由紀を思い浮かべ、良明は歌を一首詠んでいた。

夢覚めて　傍らになき　ぬくもりを
後の世までも　我は求めん

エピローグ

一六年後の思い

二八年前の一九八四年に、「大きな地震によって原発が壊れる現場を温泉から目撃する」という夢を見ました。それ以来、私は「原発の近くにある温泉地に行くと、事故を目撃するかもしれない」と恐れ、地震が起きるたびに「震源地はどこだ?」「原発は大丈夫か?」と、すぐにニュースを確認する日々を過ごしてきました。その「原発震災」が実際に起こる前に、警鐘を鳴らす本を刊行したいと思い、この物語も二〇年前の一九九二年から書き始めました。でも、次々と構想が膨らんでいくのに反して、自分の文章の稚拙さにめげるばかりで、いっこうに筆が進みませんでした。

二〇一一年三月一六日、私は、原発など「これって、へんじゃないの?」と感ずることについて書き綴ってきたミニコミ紙「へんじゃないかい通信」を、予定どおり一〇〇号をもって終刊にしました。一〇〇号で終えようと思った理由の一つは、二二年間、同じことばかりを書き続けてきて、少し疲れを感じ、もう充分かなと思ったからです。そして、何となく「一〇〇号を出すとき、通信の役割が終わっている」という気がしていたからです。

その嫌な予感どおりに、ずっと恐れていた原発震災が、とうとう現実に起こってしまいました。そのとき私は「もう何を書いても無駄」という絶望感のなかで、最後の通信を作りました。そして、そこで、未完のままだった小説だけは自分の集大成として完成させたいという思いを書き残しました。それから一年半を経て、ようやくその思いを形にしました。想定を、完成予定だった一六年前の一九九六年に留めたままで。

「厚生大臣の特別補佐官」から内閣官房長官に昇格した枝野幸男氏が、「ただちに影響はありません」という言葉を繰り返しながらも、脅えていた「悪魔の連鎖」は、「神風」のような幸運が吹いたおかげで断ち切れたわけではありません。あの福島第一原発の四号炉が、もう一度大きな地震に襲われて倒壊したら、今度こそ悪魔の連鎖は現実になるでしょう。

一時は完全に止まった日本中の原発が、巨大地震による倒壊やパイプの破断などによって、核燃料の崩壊熱を冷やし続けられなくなれば、第二、第三の四号炉となって、悪魔の連鎖を引き起こすでしょう。それでも、この国はまだ、揺れ動く大地の上で原発を再稼働させてしまいました。

原発震災の最大の悲劇は、全員が「すぐに死なないこと」と、最後まで生き残った人が「すぐに死ななかったことを悔いること」だと、私は思います。

今度は経済産業大臣になった枝野氏が再稼働に責任をもつという若狭の原発が、大きな地震に見舞われて倒壊すれば、確実に悪魔の連鎖は現実になっていくでしょう。激震の後、放射能まみれになった日本は、世界中から相手にされなくなり、経済力は地に落ち、円もただの紙切れになるでしょう。世界経済は大混乱し、日本への人道支援どころではなくなるかもしれません。経済の破局と放射能汚染は、海外への脱出の大きな壁となって立ちはだかり、石油の途絶は米の自給すら不可能にして、確実に飢餓地獄へと導いていくでしょう。その前に法秩序は崩壊し、汚染された食べものさえ奪い合う、暴力だけが支配する社会へと変貌しているかもしれません。

そのなかで、初めは、弱い者、幼い者から、死んでいきます。そして、貧窮問答歌以上の地獄を見ながら生き残った者も「地震だけならここまではならなかった。原発さえなかったら！」と悔いながら、ついには餓死していくのでしょう。

もしあのとき、風が海にではなく、首都圏に向かって吹き、雪や雨が放射能を叩き落としていたら、原発震災の悲劇はそこからスタートしていました。民族の大移動を余儀なくされた首都圏の住民は、他人を轢き殺してでも「我先に」逃げ出そうとして、凄まじい混乱に陥っていたでしょう。そんなパニックを何より恐れる政府は、たとえ風がすべて首都圏に吹いていても、市民に正確な情報を流すことはなかったでしょう。何しろ、人間は鳥のように飛ぶこともできないし、三〇〇〇万人以上の人びとが避難できる場所など、どこにもないのですから！

何があっても、どうなっても、この国は、首都圏の住民を放射能に汚染された大地に住み続けさせる以外の選択をすることはないでしょう。現に、SPEEDI（緊急時迅速放射能影響予測ネットワークシステム）の情報を流すこともなく、ソ連でさえ住民に避難を促したような汚染地域に、「除染」というまやかしの作業を繰り返させながら、平然と人を住み続けさせているのですから。

今もこの国の「放射性同位元素等による放射線障害の防止に関する法律」などは、人が「放射線管理区域」（年間五・二ミリシーベルト以上）に立ち入ることに制限を加えています。身近な管理区域であるレントゲン室では、放射線には曝されますが、少なくとも放射性物質を体内に取り込むことはありません。内部被曝の危険に満ちている原発内部で作業するときも、フィルター付の全面マスクや、三重の手袋、作業服のつなぎ目をガムテープで止めるなど防御対策を必須とし、食事はおろか、用を足すことさえ禁じています。でも、三・一一以降この国は、「放射線管理区域」として立ち入りを制限すべき地域にも、人びとが日々の暮らしを営んでいくことを認めています。レントゲン室よりもはるかに危険な場所で、生活していくことを認めています。

そこで飲み食いし、寝泊りしても「問題ない」というのであれば、どうして法は「放射線管理区域」なるものを設定したのでしょう。まさに今この国は「法を蔑ろにして」、何十万人もの人間を、放射線管理区域に住まわせています。年間二〇ミリシーベルトという三・一一以前には原発労働者でもめったに浴びることのなかった被曝を強いる子どもたちに、「感謝の心を忘れずに、もっと身体を鍛え、他人のために働ける人になってください」などと説教までしながら、「人を殺し、国を殺す」棄民政策を推し進めています。

山梨県の長寿村で、隣の家が鉄砲水に流される嵐の日に行われた日本子孫基金（現・食品と暮らしの安全基金）の合宿で、外村《とのむら》晶氏から、こんな話を聞きました。

「日本一のラドン温泉、三朝《みささ》温泉（鳥取県）周辺住民の染色体を調査したことがあるが、その調査結果の公表は文部省に禁じられた」

「昔の人は放射線の恐ろしさをわかっていて、露天風呂を作ったり、風呂場の天井を高くして、ラドンから受ける影響を減らす工夫をしていた」

高木仁三郎氏が主宰する「反原発出前のお店」の派遣講師を養成するために始めた学校の開校式では、「四〇歳までは、レントゲンを浴びて病気を発見する確率より、レントゲンの放射線によってがんになる確率のほうが高い」というお話も聞きました。

外村氏の調査結果の公表を禁じ、被曝の影響をすぐにX線検査と比較するこの国は、これまでの法令を蔑ろにして「年間一〇〇ミリシーベルト以下の被曝なら、健康に影響があるという明確なデータはない」などとうそぶいています。しかし、低線量被曝や内部被曝にどのような影響があるのか、人体実験で証明したいとは考えているようで、膨大な生データの収集を始めました。そのデータは、SPEEDIのように国民のために活かされることはないのでしょうが……。

少なくとも「北朝鮮」のミサイルは、日本のように大量の放射能を垂れ流したことはありません。現実に膨大な放射能を垂れ流しているこの国の民は、自国の脅威をどれほど深刻に感じているのでしょうか？

最近、尖閣諸島を「誰が買う」とか、竹島に「誰が上陸した」などと、領土をめぐって険悪なムードが流れています。でも、島根原発や玄海原発（佐賀県）、川内《せんだい》原発（鹿児島県）に、「もしものこと」があったら、たちまち領土問題どころではなくなるでしょう。そのとき、大量の放射能を海に垂れ流して韓国や中国に迷惑をかける日本は、両国に「避難民一〇〇万人を受け入れてもらえませんか？」「一〇〇ベクレル以下の食糧を一〇〇万トン援助してもらえませんか？」などとお願いをすることになるのかもしれません。

原発を攻撃されたら、通常のミサイルでも核攻撃を受けたと同様の被害を受けます。原発を持つことは、他国に核兵器の「発射ボタンを委ねる」ことです。だから、原発を持った国は国際紛争を解決する手段として、戦争だけは放棄せざるを得ません。まして、火薬庫の上で焚き火をしているように、いつ原発震災や核爆発が起こるかわからない国に、他国と争っている余裕などありません。領土問題の解決なら、国際法にのっとり、平和裏に交渉するしかありません。戦争したくて駄々をこねる子どものように、いたずらに他国の脅威を煽り、戦争も辞さないという強硬論をもてはやすことは、「法治国家」を自殺に導く所業です。「もう少しおとなになれ！」と強く思います。

法を蔑ろにする輩が徘徊しているこの国も、また、いつ、どこで、起きてもおかしくはない原発震災の脅威には、防潮堤や非常用電源の確保だけでは不充分と考えているようです。だから、「もしもの時」に備え、免震重要棟の建設や、三〇キロ圏内の避難対策、ヨウ素剤の配布を必要としているのでしょう。にもかかわらず、彼らが充分と考える対策を整えるまで待つこともなく、原発を再稼働させたこの国は、つくづく「呆痴国家」に成り下がり、自滅したがっているようです。

福島第一原発の炉心から溶け落ちた燃料が、もっと大規模な水蒸気爆発を起こして圧力容器や格納容器を完全に破壊していたら、間違いなく多くの即死者が出て、東日本は壊滅していたでしょう。首都圏が、ゴーストタウンになっていないのは、「幸運」だったとしか言いようがありません。

二〇〇七年九月の中越沖地震は、震央(震源の真上の地点)距離が柏崎・刈羽原発から一六㎞離れ、マグニチュードも六・八しかありませんでした。それでも一号機の排気筒付近は約六〇㎝隆起し、タービン建屋付近は一六〇cmも沈降して、七基すべての原発建屋がわずかながらも傾きました。あのときもし、震央からの距離や地震のエネルギーがもう少し違っていたら、「悪魔の連鎖」はすでに始まっていたでしょう。そうなっていなかったのも、「幸運」だったからにすぎません。でも、そんな幸運が、果たしていつまで続くのでしょうか。

原爆約三万二〇〇〇発分、マグニチュード九のエネルギーが襲うとさえ予想される東海大地震の震央域にある浜岡原発や、いまさらのように直下の活断層の存在が話題になっている大飯《おおい》原発（福井県）、志賀原発（石川県）の直下を巨大地震が襲ったら、私が夢で見たように原発建屋は倒れてしまうでしょう。そのときもし原発が稼働していれば、制御棒を挿入することもできず、配管もズタズタになって、とても冷却水の注入どころではないでしょう。政府は「エネルギー政策を見直して、二〇三〇年までには原発の割合を〇％にする」などとのんきなことを言っていますが、果たしてそんな時間的余裕が残されているのでしょうか。まさに、「亡国に至るを知らざれば、之れ即ち亡国」なりだと私は思うのですが。

それでも、まだ「神風」の幸運が吹き続けると考える人たちが、原発を再稼働させてしまいました。その姿は、原爆が落とされてもなお、降伏することなく「一億総玉砕」を叫んでいたころを彷彿とさせます。神風が吹くことのなかったあの時代、この国は、若者たちを生贄に捧げて、「神風よ、吹け！」と念じました。そして今、福島第一原発を廃炉にするために、これから四〇年以上にわたって、何万・何十万もの人たちに大量被曝を強要しては、使い捨てようとしています。白血病になった原発労働者が、年間五ミリシーベルト以上を被曝していれば、労働災害として認められるというのに……。

ただ、もしかしたらすでに為政者のなかには「原子力の平和利用」に見切りをつけた人もいるのかもしれません。だから、原子力基本法の基本方針に「我が国の安全保障に資する」という表現を付け加えて、核兵器保有のために原子力政策を維持しようとしているのでしょう。

私は、この物語の主人公のように、子どもを亡くした経験はありません。ただ、長男が三カ月になるとき、医師から「この子は長く生きられないかもしれないし、生きられても重い障がいが残るかもしれない」と言われたことがあります。そのとき私は、「どんなことがあっても生きていてほしい。この子のためなら自分の生命はどうなってもいい」と思いました。

多くの生物は、子孫を残すためだけに生きているとしか思えない生き方をしています。子孫の存続を危うくするような生き方をしているのは、人間だけかもしれません。その人間も、子どもや孫が先に死んでしまったら、平然と自分だけが生きながらえる気力や、生への執着心をもち続けられるのでしょうか。「わが亡きあとに洪水はきたれ！」とばかりに、子や孫たちの若い世代にツケを託し、犠牲を強いる生き方は、ただただ亡国への道に連なっているとしか私には思えません。

カミカゼ攻撃による犠牲者を減らす名目で、「イエローモンキー」を原爆の実験台にしたアメリカは、原爆の完成前から、プルトニウムを直接注射して、放射線の影響を調べる「人体実験」をしていました。戦後も、妊婦や施設に入所している子どもに放射性物質を投与し、囚人の睾丸に強列な放射線を照射する実験まで繰り返しました。さらに、原爆投下直後の爆心地に向けて、自国の兵士に行軍を強いて被曝させる実験さえ行いました。アメリカが七三一部隊の人体実験を糾弾しなかったのは、その研究成果がほしかったからであり、「HIVウィルス細菌兵器説」が噂されたのも、おぞましい人体実験の前科が数かぎりなくあったからです。

でも、なぜか、兵士に被曝をさせるという軍事演習は国民の心をとらえ、ワシントンには「モルモットを志願する手紙が洪水のように舞い込んできた」そうです。「無知は罪悪」と言いますが、核開発を推進してきた愛国者たちの冷酷さに比べて、無邪気なまでに国家を信じた人たちの無知は、いったい何と言えばいいのでしょうか?

ただ無邪気なまでに無知な人たちの悲喜劇は、原発を受け入れた自治体の首長や、高レベルの核廃棄物を受け入れておきながら今もなお「一時保管場所」と主張している青森県知事などに、悲しいまでに見ることができます。買春した男が「金は払っただろ」と居直るように、この国は原発を受け入れた自治体に「お前も金をもらって、いい思いをしただろ!」くらいにしか思っていないのでしょう。無辜《むこ》なる民にHIVウィルスを感染させても平気だったこの国は、原子力災害に対する責任を取るつもりなどありません。もっとも、取れるはずもありませんが!

そもそも一時的な保管でさえ、青森県しか受け入れる自治体のなかった高レベル廃棄物を、永久に受け入れる自治体が他に「ある」と考えたほうが、愚かなのです。そして、「国が約束を守る」などと考えたほうが、甘かったのです。一定期間の保管後、キャニスター（ガラス固化体）が少しでも劣化したら、物理的にも高レベル廃棄物を移動させることはできません。

そんなことも思い至らない想像力の貧困こそが、まぎれもなく原発推進に寄与してきました。国策に協力・推進してきたのに、「被害者にさせられた」「騙された」などと、いま言っている福島県知事や青森県知事の無邪気さに比べたら、「原発を持って来ればあとはタナボタ式にいくらでもカネは落ちてくる。一〇〇年たって片輪が生まれるやら、五〇年後に生まれてくる子どもが全部、片《マ》輪《マ》になるやらわかりませんが、今の段階ではおやりになったほうがよい」と堂々と発言して、一九七九年から四期一六年間敦賀市長を務めた高木孝一氏のほうが、よほど正確に将来を見据えていたという気さえしてしまいます。

「原子力マフィア」によって、「金」という麻薬の中毒にされてしまった人たちが、クスリを求めるように次々と原発を受け入れる。まさに「人間であること」をやめてしまった亡者が、食い散らかして、一時の悦楽に耽る。腐敗と堕落、醜悪さの極にある存在、それが原発です。事故があろうとなかろうと、たとえ運転時には一〇〇％安全だとしても、人間がまだ万物の霊長であるというのであれば、絶対に許してはならない存在、それが原発だと私は思います。

発電に使われる二倍の熱を海に温排水としてたれ流し、一秒間に七〇トンの海水を七℃も暖め、海水に溶け込んでいる大量の二酸化炭素を大気中に放出させている原発を「クリーンエネルギー」などと呼んだ大嘘は、かのヒトラーでさえ顔負けする究極のデマゴギーです。そもそも地球の気候は、太陽の活動の変動や、地球の自転や公転周期の変化などさまざまな要因が絡み合って決まるものであって、二酸化炭素の濃度だけに左右されるわけではありません。温室効果についても、二酸化炭素よりも海から蒸発している膨大な水蒸気のほうがはるかに大きなものがあります。デマを簡単に信じて、ベトナムへの原発輸出に、無邪気なまでに喜びを露わにしていた理科系の総理も、足をすくわれてしまいました。

すでに造ってしまった原発をすぐに全廃して、地中深くに高レベル核廃棄物を埋葬したとしても、地球の内部に蓄えられた熱がすべて宇宙に放出されないかぎり、今後何万年・何千万年にもわたってマントルの対流がなくなることもなければ、プレートの移動が大地震を繰り返す災害もなくなることはありません。そして、突然広大な畑の中から約四〇〇メートルの昭和新山が出現したように、地下深くに埋葬したはずの放射性物質を再び生活圏に投げ返してしまうような地殻の大変動すら、遠くない未来に起きるかもしれません。私たちは、絶えず揺れ動く大地の上で生き続ける子孫に、未経験の、見えない危険に、半永久的に曝され続ける状況を作り出してしまいました。

それでもなお、「原発がなければ日本は滅びる」などとのたまう人たちは、きっと「満州は日本の生命線」と言って大陸に侵攻し、「大東亜共栄圏」を夢見た人たちの亡霊なのでしょう。撒き散らした放射能を「無主物」と言い放つ無責任さも、かの亡霊そのものです。トヨタ自動車を上回る広告費まで「総括原価」に組み入れ、独占的な利益を保障される代わりに課せられた「電力供給義務」を一方的に放棄し、計画停電まで強行しておきながら、料金値上げの「権利」だけは主張する図々しさも、かの亡霊からしっかりと引き継いできたのでしょう。

「除染」作業によって移動させただけの汚染土壌を、「料金着払い」で東京電力に送りつける人がいないのも、空襲による被害を天災のように甘受し、日本政府やアメリカ政府に償いを求めなかった人たちに重なります。最近ようやく訴えを起こす人が出てきたようですが……。

あの時代、この国の人たちは、大君の前に屍の山を築いていけば、太陽が雲の間から顔を覗かせ、青空が広がって、明るい未来が自然に開けてくるかのように思っていました。そして今、力をのみ頼みとする「ハシズム」の吹く変革・維新という笛に、多くの人たちは「何かをしてくれる」という淡い期待を寄せて、追従しようとしています。

また、この国は同じ道を辿ってしまうのでしょうか。いえ、今度こそこの国は「死の衝動」に突き動かされ、落ちることだけが待っている「坂の上」に駆け上がってしまうのではないでしょうか。上ることができる坂は、耕して天に至る棚田の尽きるところまでで、鳥ではない人間には、その坂の上の雲に飛び乗って暮らすことなどできないと、私は思うのですが。

電磁波によって大きな被害を撒き散らすであろうスカイツリー熱に浮かれている東武鉄道の沿線に住む私は、ツリーから一望できる不夜城東京に、原発に替えて自然エネルギー・再生可能エネルギーを大量に作り出し、膨大な電気を供給し続けることが、問題の本質的な解決になるとは思えません。放射性物質が混在する鉱山から掘り出した「レアアース」を必須とする太陽光発電を、再生可能エネルギーなどともてはやすべきではないと思います。ごみと危険を地方に押し付け、富と快適さだけを享受してきた東京には、今「首都直下型地震」という脅威が突きつけられています。

この地の諭《さと》しを、天の怒りを、私たちは謙虚に受けとめ、老子の言う「足るを知る者」の世界を、フロムの言う「持つことよりもあること」に重きを置いた生き方に、転換していくべき時に至っているように思えてなりません。富と腐敗が集積した都会生活から少しでも決別し、自分の食べるものを少しでも自給する。今の暮らしのあり方を根底から見直す。それが、子どもや孫たちに対する最低限の責務でしょう。

ただし、残念ながら、大津波が無邪気な幼子でさえ飲み込んでしまったように、今から悔い改めても、誰もが箱船への乗船を許され、救われるわけではありません。汚染された大地の上でしか生きることのできなくなってしまった私たちは、年齢の高い順から汚染度の高い食べものを引き受け、細胞分裂の盛んな若い人たちに汚染されていない食べものを譲り、免疫力を高める食べ方・生き方をしていく以外の選択は、もはや残されていないのかもしれません。

自らの死を書き込んだ遺伝子が、いつ、その人の生命を消滅させることになるのか。遺伝子の傷がその人の人生にどんな影響を与えるのか。それはすべて、人知をはるかに超えたところにあります。天地の怒りが揺れ動く大地の上に右往左往する人間の生命を踏み潰してしまおうとも、人は与えられた生命をそのまま、天からの呼び出しを受けるまで、愚直に全うするしかありません。それが、揺れ動く大地の上にしか生まれることのできない、人間の作法なのかもしれません。
そんな思いを伝えるささやかな営みの一つとして、この物語を送り出したいと思います。

私はこの三月、三七年間の公務員生活の定年を迎えました。「情報提供こそが公務員のなすべき仕事」と考えてきた私は、幸運にも多くの講座を企画する業務に一三年間、携わることができました。そして、「自分が知りたい話は、きっと市民も知りたい情報だ」と考え、素敵な方たちをお招きしたり、執筆をお願いしたりして、情報の提供に努めてきました。今思い返しても、給料をもらうことが申し訳なくなるくらいに、楽しく、充実した時間を過ごさせていただきました。「あとは何をやってきたのだ」という忸怩たる思いと、残念ながらいつも聴講する人が少なかったことへの悔いは残っていますが……。

講座で講演いただいた以下の方々に、この場を借りて改めてお礼申し上げます。

天野恵子氏、故・天野慶文氏、池上千寿子氏、石川哲氏、故・市川定夫氏、植村振作氏、内山節氏、江波戸哲夫氏、大江正章氏、大崎正治氏、故・大平博四氏、岡田幹治氏、海渡雄一氏、筧次郎氏、加藤龍夫氏、金子勝氏、金子美登氏、上井善彦氏、神山美智子氏、北沢洋子氏、北原みのり氏、貴邑冨久子氏、熊本一規氏、神山潤氏、小西行男氏、小若順一氏、斉藤貴男氏、サカイ優佳子氏、篠原孝氏、島津暉之氏、白根節子氏、神野直彦氏、杉田聡氏、鈴木昌代氏、武田玲子氏、竹信三恵子氏、故・高松修氏、瀧井宏臣氏、田沼靖一氏、千葉友幸氏、辻万千子氏、槌田敦氏、手塚千砂子氏、故・外村晶氏、中下裕子氏、中野麻美氏、広若剛氏、藤田祐幸氏、古沢広祐氏、松延正之氏、まつばらけい氏、水口憲哉氏、三宅征子氏、宮嶋忠夫氏、村田徳治氏、室田武氏、藪本雅子氏、山田厚史氏、山田真氏、山本治氏。

今思い返しても、「生き儲けができた」と感謝しております。

また、中学生・高校生と一緒にエイズの問題を考えるイベント企画を仕事にできた時期もあり、その高校生たちが演じた芝居を見る機会にまで恵まれました。その体験も、この物語の一つのヒントになっています。

私的な時間にも、講座の依頼をとおして親しくさせていただいた大崎正治氏からは、フィリピンの棚田をご案内いただく機会がありました。アジア太平洋資料センターの自由学校のエクスポージャーで行ったタイでは、槌田劭氏とダブルベットで一緒に眠る機会もあれば、女性弁護士宅で福岡正信氏とお会いする偶然もありました。花崎皋平氏を囲んだ東京湾沿岸での合宿では、夜中に襲われた震度五の地震に気がつかないで寝ていたこともありました。

同じ姓の田沼靖一氏からおうかがいしたアポトーシスの話から、私は勝手にフロイトの「死の衝動」を連想してしまいました。そして、各地で活断層の存在を隠蔽し、ボーリング調査の結果をすり替え、福島の海岸をわざわざ削り取ってから原発を設置したような所業は、破滅願望を抱いているからこそ行い得たと考えるようになりました。

日野市の社会教育センターが企画した平和の旅に参加し、ポーランドの熱い夏をともに過ごした詩人が企画した講座では、同じ名前の小出裕章氏のお話を初めて聞く機会もありました。そして、「もっともっと」と願う欲望の醜悪さを訴え、差別の上に成り立つ原発を否定するため、研究者としての自己責任を全うしようとしている真摯な生き方に、改めて強い共感を覚えました。

休暇の多くを「講座マニア」として過ごした私は、さらにあちこちを彷徨って、見たいと思っていたものを目にし、会いたいと思っていた人に会い、聞きたいと思っていた話を聞いてきました。その体験が次々と連鎖反応を起こして、この物語を私に書かせました。書くことなくしては、「死ねない」と思いました。

また、渡良瀬川の下流、田中正造が生きた佐野市で生まれたことが、私にこの物語を書かせたように思います。その町で出会い、三五年間思うままに飛び回っていた私を許してくれた妻・秀子がいたからこそ、この物語を私は書くことできました。そのことを何より感謝しています。そして、私たちにとって、かけがえのない孫娘・梨花が、そして、決して見ることのない一〇〇〇年先、一〇〇〇〇年先、数万年先の私たちの子孫が背負う、私たちが作り出した負の遺産を少しでも軽くしていくために、残りの人生に力を尽くしていきたいと思っています。

最後の「へんじゃないかい通信」に、恋愛小説を書くと予告した一年半前、最初に前金をお送りいただき、ご予約いただだいた神山美智子弁護士と、お連れ合いであり、佐野高校の先輩でもある神山武士氏には、妻の次に原稿をご覧いただき、内容をご丁寧にチェックしていただきました。そして、神山弁護士には推薦のお言葉までいただきました。お二人のおかげで、他の方からもお預かりしている予約金を踏み倒す不義理を犯さずにすみました。「食い逃げの罪」から少しだけ免れたことに対しても、お礼を申し上げます。

そして、「日本一の編集者の赤ペンチェック」を受けて、「コモンズ」という名前の出版社から、この本を出したいという私の夢にお応えいただき、本来のジャンルとは違う小説を世に送り出していただいた大江正章氏にも、深く感謝いたします。

エコロジストを気取っているのに、大量の紙を無駄遣いしている拙いこの本をお読みいただき、本当にありがとうございました。

最愛の孫娘の二回目の誕生日に。

二〇一二年九月一四日

田沼　博明

〈著者紹介〉

田沼博明（たぬま・ひろあき）

1952年2月　田中正造の生地・栃木県佐野市に生まれる。

1975年3月　中央大学法学部卒業。

自治体職員として、消費者センター・女性センター・保健所などで勤務。1988年から居住地の埼玉県加須《かぞ》市で市民グループ「へんじゃないかい」の世話人となり、2011年まで「へんじゃないかい通信」を発行する。また、旧「日本子孫基金」の世話人を務め、環境ホルモンやダイオキシン問題などを学ぶ。

2012年3月　定年退職。

著　書　『新・伊勢物語〜幻想歌』（自費出版、1989年）

連絡先　itumitanuma@nifty.com

鳥にしあらねば

二〇一二年一〇月五日　初版発行

著　者　田沼博明

発行者　大江正章

発行所　コモンズ

東京都新宿区下落合一―五―一〇―一〇〇二

ＴＥＬ〇三（五三八六）六九七二

ＦＡＸ〇三（五三八六）六九四五

振替　〇〇一一〇―五―四〇〇一二〇

info@commonsonline.co.jp

http://www.commonsonline.co.jp/

印刷・東京創文社／製本・東京美術紙工

乱丁・落丁はお取り替えいたします。

ISBN 978-4-86187-097-2 C0093

＊好評の既刊書

原発も温暖化もない未来を創る
●平田仁子編著　本体1600円＋税

脱原発社会を創る30人の提言
●池澤夏樹・坂本龍一・池上彰・小出裕章ほか　本体1500円＋税

脱成長の道　分かち合いの社会を創る
●勝俣誠／マルク・アンベール編著　本体1900円＋税

子どもを放射能から守るレシピ77
●境野米子　本体1500円＋税

放射能にまけない！　簡単マクロビオティックレシピ88
●大久保地和子　本体1600円＋税

放射能に克つ農の営み　ふくしまから希望の復興へ
●菅野正寿・長谷川浩編著　本体1900円＋税

超エコ生活モード　快にして適に生きる
●小林孝信　本体1400円＋税

おカネが変われば世界が変わる　市民が創るNPOバンク
●田中優編著　本体1800円＋税

高速無料化が日本を壊す
●上岡直見　本体1800円＋税

脱・道路の時代
●上岡直見　本体1900円＋税